LES FANTÔMES DE SÉVILLE

La fosse aux ours – 1, place Jutard – 69003 Lyon

Didier Tronchet

Les fantômes de Séville

La fosse aux ours

1

Dimanche matin, sur une des pelouses de la Porte de Vincennes. On n'a même pas de cages, ce sont deux pantalons de survêt' qui font office de poteaux, le terrain est criblé de flaques d'eau et de zones sablonneuses. On entend la rumeur du périphérique juste derrière les barres d'immeubles. Les joueurs sont saucissonnés dans des maillots dépareillés, voire des tee-shirts en lambeaux. Pourtant, j'ignore pourquoi, dès que je pose le pied sur une pelouse, quelle qu'elle soit, s'il y a un ballon, des adversaires et un match à disputer, j'ai douze ans, et c'est la finale de la Coupe du monde.

Mais, aujourd'hui encore, mes partenaires m'ont oublié progressivement, ceux d'en face aussi d'ailleurs, jusqu'à ma disparition totale de la surface du terrain. Pas ou peu de passes. Invisible. Je n'ai pas pu me résoudre à quitter la pelouse en n'ayant pas existé. En n'ayant pas vécu. Oui, c'est là que je situe l'enjeu de mon rapport au football. Ni plus ni moins.

Je marche maintenant aux côtés de Fred, jusqu'à sa voiture. On traîne nos sacs de sport, on a le visage couvert de boue. Je sens qu'il fait la gueule. C'est vrai j'ai encore vociféré sur le terrain, agité les bras, soupiré bruyamment, voire insulté mes coéquipiers en fin de match. Fred ouvre la portière et jette son sac sur la banquette arrière. Et soupire à son tour, à mon intention. « Pourquoi ça te met dans cet état, chaque fois ? C'est dingue ! On est quand même pas au Maracana ! ».

La voiture démarre et l'intérieur cuir exhale à notre contact un fort relent de transpiration. Fred, journaliste dans le civil, a attrapé un peu de bide au fil des ans. Il joue désormais dans les buts. Ce n'est pas un poste enviable, c'est même la corvée pour un joueur normalement constitué, mais l'avantage c'est qu'on y touche souvent le ballon. À ce propos, si Fred l'avait touché un peu plus aujourd'hui, on n'en serait pas arrivés à ce score ahurissant de 14 à 3. Je garde ça pour moi, assez de maladresses.

Fred s'arrête devant mon immeuble du XVIIIe arrondissement. Avant de le quitter, par la vitre baissée, je lui reparle du football soviétique, contrôles-passes, le collectif, de la Hollande des années 70, Johan Cruyff et compagnie. Le football total. Tout le monde attaque, tout le monde défend ! Fred sourit. Convoquer les Grands Anciens à propos d'un petit match pourri en lisière de banlieue entre collègues de travail… Je sens bien l'ironie. Elle me renvoie à mon profond sentiment de solitude sur la planète football. Robinson des pelouses.

L'ascenseur arrive au quatrième. Personne chez moi pour me consoler. Anne est à la maison, ma fiancée éternelle, la lumière de mes jours. Mais elle ne sera pas la tendre épaule sur laquelle pleurer. Elle a été insensibilisée à la dramaturgie du football comme d'autres le sont aux poils de chat. Elle me lance pourtant, au vu de ma triste figure : « Oh, toi tu as encore mal joué ! » Usant d'une rhétorique subtile, je réponds : « C'est pire, je n'ai pas joué… » Trop subtile. Elle s'étonne : « Ah bon, y avait personne ? » Comme elle me voit sortir mes affaires odoriférantes de mon sac de sport et les glisser en maugréant dans la machine à laver, elle croit bon d'ajouter : « Oh, ça va, hein ? C'est que du foot… »

Voilà bien le genre de phrase qui me tacle par-derrière. Je ne comprends même pas le sens de cette restriction. « Que du foot » voudrait dire que le football doit être minoré dans son essence, on lui refuse le statut de source d'émotions respectables, il serait confiné dans un genre de ligue 2 des enjeux pour l'humanité… Pour saisir ce que je ressens à l'énoncé de cette phrase, il faut imaginer quelqu'un à qui l'on dirait, devant le cadavre fumant d'un proche : « Oh, ça va, hein ? C'est que de la mort… »

Il y en a pourtant un dont je n'aurai jamais à redouter la malice. Il s'appelle Antoine, il a six ans. Il est dans sa chambre, dont j'ouvre la porte à la volée. Il quitte ses Lego pour me sauter dans les bras. « Alors ? T'as marqué ? » À la mine déconfite que j'arbore, il devine que non. Et, par un effet de miroir, il affiche la même. C'est mon fils ! Je le repose au sol, puis lui saisis solennellement les épaules. Il est habitué à ces démonstrations de soudaine gravité. « Dis-moi, Antoine, toi aussi tu penses que c'est QUE du foot ? » Immédiatement Antoine se récrie, avec une indignation non feinte. « Ouah ! mais non, le foot c'est super ! » (C'est mon fils.)

Bien sûr, il s'intéresse à ce sport. On serait tenté de penser que ce soit sur mon injonction. À la suite d'un long travail de sape. On aurait tort. C'est Antoine lui-même, le jour de ses cinq ans, qui m'a demandé si je pouvais l'inscrire en club. Des copains s'étaient inscrits dans une équipe, Porte de Clignancourt. Loin de bondir de joie et de l'emmener séance tenante acheter une paire de crampons, je lui ai solennellement saisi les épaules. « Tu sais, petit, le football, c'est un dur métier. Très exigeant physiquement, et moralement tu dois être fort. Il faudra sortir vainqueur de toutes les sélections, accepter de jouer dans des clubs obscurs avant de rejoindre l'élite professionnelle, et si tu n'es pas détruit par les blessures, la concurrence féroce ou les médias qui ne le sont pas moins, tu as une infime chance d'atteindre les sommets, plus petite encore de jouer la finale de la Coupe du monde. Es-tu prêt à accomplir ce chemin ? »

J'ai vraiment répondu ça, mais parce que je savais qu'Anne était dans mon dos, qu'elle n'allait pas comprendre la blague et me prendre pour un fou. Il est vrai que la frontière est mince chez moi sur ce terrain. Mais tout de même ! Antoine, qui n'a pas non plus capté l'autodérision, me répond gravement que oui, il est prêt. Et ça commence mercredi. O.K., j'ai dit en cognant son poing avec le mien. Dire que je n'en ai pas été secrètement le plus heureux des hommes serait mentir.

Ma première grande émotion avec lui remonte à ses treize mois. Il tenait à peine debout. Je lui ai lancé un ballon en plastique léger. Il l'a repris de volée et, surtout, du pied gauche. Antoine était gaucher comme moi ! Là, pas de doute, c'était mon fils. Plus tard, j'ai installé sur la pelouse un petit terrain avec deux buts. Et nous avons disputé là de longues parties endiablées. Pour lui le football était un jeu à un contre un. Lui contre son papa. Si bien que quand des amis se mêlaient du jeu, Antoine ne comprenait plus rien à la circulation du ballon entre tous ces pieds surnuméraires, et finissait invariablement par hurler. C'est pourquoi, lorsque je croise ces joueurs du dimanche ne concevant le football que seul, balle au pied, j'y vois une forme aiguë de régression infantile.

Je ne regrette pas ces moments d'initiation de mon fils, car outre qu'ils ont créé une vraie complicité entre nous, ils lui ont permis aussi de survivre dans les cours de récréation. Tu sais taper dans le ballon, tu es des nôtres, sinon on te pourrit la vie jusqu'à la fin de l'année scolaire. Antoine savait. Il a survécu. Merci papa.

On comprend donc mieux l'émotion qui fut mienne ce jour de ses cinq ans quand il a demandé à devenir joueur professionnel et intégrer un jour l'équipe de France (ça, c'est peut-être moi qui ajoute… ce n'est plus très net).

Pour l'instant, il ne s'agit encore que du match de dimanche prochain. Antoine est sélectionné dans l'équipe type. J'en suis hyper-fier. « On joue en dépassement ! » Il me faut deux secondes pour décoder l'Antoine dans le texte, langue que je possède assez bien. « En déplacement ! Et vous jouez où ? » Il hausse les épaules. « Un endroit qu'il s'appelle Ville taleuse ou taneuse… Mais tu n'es pas obligé de venir », ajoute-t-il avec me semble-t-il une once de, je ne sais pas, d'inquiétude ? À mon tour de me récrier : « Tu rigoles ? Bien sûr que j'y serai ! » Il accueille ma réponse avec un soupçon de… résignation.

Depuis son inscription en club, je n'ai pas raté un seul entraînement. J'observe avec commisération les autres pères déposer leurs rejetons à l'entrée du stade et repartir en toute hâte, pour ne revenir qu'à la fin de la séance, deux heures plus tard. C'est un mystère pour moi. Ils ont tout manqué ! Les progrès de leur fils, de ses co-équipiers… La stratégie mise en place par l'entraîneur… C'est quand même bien utile pour aider l'enfant à être « titulaire », le mot magique. Tant pis pour eux ! Je ris sous cape de leur absence de lucidité. Et je reste planté derrière la main-courante, depuis les premiers échauffements jusqu'au dernier petit match avec les deux drapeaux rapprochés comme poteaux de but. Qu'il pleuve ou qu'il vente, j'observe les mouvements de la meute, entre les gouttes dégoulinant de ma capuche. Et l'hiver, ça se termine dans la nuit noire, il n'y a plus qu'une silhouette courbée, là-bas dans l'angle : la mienne.

Autant dire qu'un déplacement à Villetaneuse, un dimanche radieux, ne m'impressionne pas. Une seule chose pourrait m'inquiéter : la légère ombre que j'ai vue flotter sur le visage d'Antoine à l'idée que je serai au bord du terrain. Mais quoi de plus précieux qu'un papa sur la touche quand on affronte les ogres de Villetaneuse ?

Certes, il faisait beau, le stade était superbe et la pelouse impeccable... Il y avait même une petite assistance de parents, prompts à s'enthousiasmer (je maugrée néanmoins car c'est mercredi dernier sous la pluie qu'on aurait aimé les voir)... Cependant, un petit quelque chose me laisse un fond d'amertume à l'issue de la partie. Peut-être le score de 9-0 ? Et que mon fils lui-même pesa d'un poids dérisoire sur l'issue du match ? Voire « brilla par son absence » sur le regrettable modèle de son père.

Sans doute ce phénomène d'identification a-t-il alimenté, depuis le bord de la pelouse, quelques flambées de colère de ma part et autre dénonciation de l'inertie régnant au sein de notre équipe, son manque d'orgueil dans la défaite, etc. Peut-être ai-je, à un moment, contesté bruyamment le schéma tactique de l'entraîneur, voire remis en cause la probité de l'arbitre que je vouais aux gémonies, à tout le moins aux toilettes publiques, selon la formule en vigueur dans les enceintes sportives... ?

Mais cela mérite-t-il qu'Antoine me tienne à une certaine distance après le match ? Regardant droit devant lui, le visage boudeur et moucheté de boue... Tandis que je pérore sur la dislocation du bloc équipe, et le flottement coupable du système défensif « à la ramasse »... Devant le minibus de son équipe, il me demande s'il peut rentrer avec les copains. Bien sûr, mais juste avant de le libérer, je m'agenouille et le prends par les épaules : « Dis-moi Antoine... Tu n'as pas... honte de ton papa ? »

Antoine proteste fortement et se dégage bien vite de peur d'être vu en pareille posture par les coéquipiers tous groupés derrière les vitres à grimacer. Le bus démarre aussitôt, et me rend sur le parking désert à ma solitude minérale.

2

Anne a profité de son dimanche pour se balader avec des amis. On s'est donc peu vus. Souvent je lui dis que c'est normal, j'assume ma part de travail en emmenant le petit au football. Je peux bien me sacrifier, parfois, après tout ! On se retrouve le soir, on se parle peu, et c'est au moment du coucher conjugal que je m'aperçois qu'il y a anguille sous roche. Je connais sa communication non verbale. Elle lit un bouquin au lit, le visage fermé, et répond à mes questions d'un hochement de tête. Et pourtant je sens bien qu'elle ne lit pas vraiment : cinq minutes sans tourner une page.

Je me lance. « Quoi ? C'est Antoine, c'est ça ? Il t'a parlé ? » Elle daigne lever la tête, j'ai visé juste. « Ça serait bien que tu le lâches un peu avec le foot… » Et avant même que, stupéfait, je puisse me jeter dans l'une de mes interminables justifications à tiroirs, elle enchaîne, alors que je suis encore au sol : « D'ailleurs, ça serait bien que tu lâches le foot tout court… »

Lâcher le foot ? Elle veut dire… mourir, c'est ça ? Que puis-je répondre à quelqu'un qui me demanderait d'arrêter de respirer en ajoutant que « ça serait bien… » ? Passé le premier temps de sidération, je décide d'envisager ce qu'on me propose, de manière scientifique, détaché de tout émotionnel… Car je suis un garçon capable d'écoute. Or donc, il serait, paraît-il, temps pour moi d'examiner l'importance démesurée qu'aurait pris dans ma vie ce « simple jeu » (re-*sic* !). « Spécialement depuis qu'Antoine s'y est mis aussi, je ne sais d'ailleurs pas qui a eu l'idée… », ajoute Anne avec une perfidie qui me foudroie. Je ne réponds même pas tellement le présupposé est énorme.

Très bien, examinons. Et merci vraiment de noter chez moi cette extraordinaire ouverture d'esprit qui consiste à considérer rationnellement et en toute honnêteté l'éventualité de ma propre extermination, afin que le reste de l'Humanité s'en portât mieux. Fair play. Anne insiste en reprenant mon expression : c'est plutôt ce genre d'anguille qu'il me faudrait chercher, et à son avis sous une énorme roche. O.K., je vois l'image.

La première chose qui me vient à l'esprit est qu'Antoine a commencé le foot à l'âge où moi-même je l'ai fait. Voilà pour le parallèle. Mais, très informé des méandres de la psychologie humaine, j'ai tout de suite pris soin d'écarter la tentation de rejouer mon enfance à travers lui. De lui faire accomplir, sur les terrains, ce que je n'aurais pas moi-même réussi. Me servir de lui comme d'un vecteur de guérison. Lui faire endosser une mission de sauvetage qui ne lui appartient pas. Etc. Je le jure. Même si les apparences sont contre moi. Cette simple idée m'horrifie. Instrumentaliser son propre fils à des fins personnelles m'est odieux. Et j'ai souvent vérifié que je n'étais pas le jouet de l'un de ces mécanismes tordus venus du fond des âges, ceux d'une enfance martyre sur les terrains comme, c'est vrai, fut la mienne.

Si je veux faire preuve de lucidité, j'avoue avoir commencé ma carrière footballistique dans la solitude. J'ai l'impression qu'elle finira également dans la solitude, avec, au milieu… une grande solitude. Je me suis reconnu dans *Le Joueur d'échecs* de Stefan Zweig: un homme emprisonné par les nazis joue aux échecs pour tromper son ennui. Mais comme il n'a ni échiquier, ni pièces, ni partenaire, il joue mentalement chaque coup. Il est aussi l'adversaire qui répond à ces coups et en place d'autres, ainsi de suite, pour une partie solitaire où bientôt il excelle.

Enfant ténébreux, je jouais en tête-à-tête avec moi-même, dans la petite cour intérieure, chez nous. Deux chaises matérialisaient les deux buts. Je marquais dans l'un puis dans l'autre, au cours de parties frénétiquement disputées, et dans mon souvenir assez spectaculaires. Je m'infligeais de sévère défaites. Pour ajouter à cette schizophrénie j'étais aussi l'arbitre et le commentateur télé. On comprend tout de suite que cette orientation d'esprit ne dispose pas à une ouverture sur le monde extérieur.

J'ai malgré tout fini par l'affronter, le monde, intégrant des équipes improvisées dans les matches de quartier sur des terrains plutôt vagues. Mais très vite on s'apercevait de mon extrême perplexité face au ballon. J'étais un peu désarçonné par ces parties où je n'appartenais plus qu'à une seule équipe. Je trouvais dommage cette conception univoque du match. J'avais tendance à attaquer des deux côtés, électron libre. Ce n'est pas bien vécu par les coéquipiers. On me rétrogradait alors dans les cages. Inefficace car complaisant avec les buteurs adverses, que je considérais aussi comme mes frères.

Cependant, j'adorais jouer, toujours aimanté par le ballon où qu'il roule. Un jour, enfin, mieux instruit quant au principe de l'adversaire (concept clé), j'ai fini par intégrer le club de mon village, sous l'uniforme blanc et bleu, que je n'ai guère honoré. Sur le terrain, je n'arrivais toujours pas à affirmer ma présence, ma légitimité. J'étais déjà transparent. Une malédiction. C'est inexplicable, cette attirance irrépressible pour un sport qui invariablement me rend malheureux.

Aujourd'hui, qu'en est-il ? Chaque dimanche matin c'est pareil, sur ce terrain bosselé de la Porte de Vincennes. L'honnêteté me pousse à dire que ce serait même de pire en pire, insidieusement. Est-ce l'âge ? Je n'en crois pas un mot. J'ai toujours la même ardeur à mordre la pelouse, la même boulimie de ballons. Mais je sens bien que mes contrôles sont moins assurés ; il m'arrive de laisser filer la balle en touche, alors que mon cerveau (qui, lui, ne vieillit pas) m'indiquait que j'avais tout le temps d'éviter la sortie.

S'ensuit une légère méfiance chez les partenaires qui, au moment de faire la passe, trouvent une autre solution que votre serviteur pourtant bien placé. Mais il est associé à l'échec dans l'inconscient collectif de l'équipe. Je connais trop ce phénomène : progressivement un joueur qui a failli plusieurs fois (moi) s'estompe au regard du porteur du ballon. La construction du jeu ne passe plus par lui. On l'oublie. Alors il vocifère, cet imbécile.

Un jour, j'ai tenté d'expliquer à Fred l'origine de ma douleur. Fred, le seul qui puisse m'écouter geindre. « Celui qui m'a causé beaucoup de tort, lui ai-je confié, solennel, c'est Maradona. » Il a arboré un petit sourire amusé, l'air de se demander quel lien direct peut exister entre *el pibe de oro*, l'idole argentine des années 90, devenue obèse par ailleurs, et moi-même. Eh bien, je vais te le dire, mon Fred. Le dimanche 22 juin 1986, au stade Aztèque de Mexico, quart de finale de la Coupe du monde contre l'Angleterre, Maradona fait son coup d'éclat. Parti depuis sa moitié de terrain, le feu follet argentin se lance dans une folle cavalcade et élimine deux, puis trois, et enfin quatre Anglais sur son chemin, avant de glisser le ballon au fond des buts adverses. Et la planète football de s'embraser devant l'exploit consacrant le geste fou de « plus beau but de l'histoire ». Alors que c'est le pire. La négation même du football.

Je sens bien qu'il faut que je m'explique. Comment peut-on contester une telle unanimité ? On peut. J'ai récemment revu la scène sur YouTube. Elle a bien confirmé mon impression sur le vif. Tout au long de sa chevauchée solitaire, le petit Argentin a mille occasions de donner le ballon, de proposer un relais à ses partenaires, ils sont là, à ses côtés, spectateurs… Mais non, le gamin teigneux préfère aller au bout sans jamais quitter le ballon des yeux. Son seul point de mire, c'est la cage anglaise, son terminus, son graal personnel.

Bien sûr, on peut applaudir le numéro de cirque. S'il l'avait réalisé en faisant tournoyer des assiettes au bout d'un bâton sur son front, j'aurais dit « encore mieux ! ». Ce à quoi le monde entier a assisté, ce jour-là, n'était rien d'autre que l'anéantissement du jeu dans l'esprit des pères fondateurs. Un exercice de déni de partenaires, une inflation narcissique, le triomphe du masturbatoire sur l'extase partagée qui est le fondement du rapport amoureux comme l'essence du Football.

Quel rapport avec moi ? C'est justement là où ma relation au gros Diego prend un tour personnel. Car à la suite de la médiatisation de ce fait d'armes, tous les joueurs du dimanche, et à leur suite tous les gamins du monde, se sont sentis légitimés à partir seuls, balle au pied, à l'assaut du but, comme si le football était devenu un sport individuel, un genre de Jokari. Il faut les voir tournicoter à l'infini, ballon collé au pied par du scotch double face, s'enferrer au point de corner, cernés par deux rangées de joueurs adverses. Là, peut-être, ils vont consentir à faire une passe. Mais on sent bien que, pour eux, c'est avouer une défaite personnelle, un renoncement, la honte. Et d'ailleurs ils se désintéressent aussitôt du jeu, labourent la pelouse de coups de crampons rageurs, avec les joues gonflées de l'enfant boudeur. Jusqu'à ce qu'un joueur naïf leur redonne le ballon. Et les voilà repartis à l'identique pour une invraisemblable Maradonade, dont l'effet est de fragmenter un grand moment de partage en parcelles de jouissances personnelles.

J'en souffre, moi – c'est là où j'entre en scène –, de ce modèle sacralisé, car chaque dimanche depuis ce fameux jour de 1986 (certes, la pratique existait avant, mais moins assumée), je dois subir ces tristes clones du « gamin en or » et leurs dribbles infinis. Autant chez mes partenaires que chez mes adversaires ! J'ai l'instinct pour les repérer tout de suite à leur arrogance nonchalante dès le premier toucher de ballon. Ces nuisibles, ces produits du libéralisme « tout pour ma gueule ».

J'insiste sur le concept du dribble. Car tout est là, le nœud de l'affaire. Je n'aime pas cet avatar du jeu. Je dis « avatar » intentionnellement (on imagine bien que je pèse mes mots !) car, dans une conception noble du football, on peut considérer que le dribble est un accident. Le collectif avance en faisant circuler le ballon entre ses membres. Tant que la passe est possible, elle est la règle. C'est un mouvement harmonieux et dynamique. On fait « vivre le ballon ». Le joueur est un rouage de la grande machinerie. Si l'un des membres de la communauté se trouve en butte à un adversaire vindicatif, il est en droit de sortir l'arme du dribble pour éviter l'importun, et conserver ainsi le ballon, bien collectif, au sein du groupe. Et la machine de poursuivre sa combustion grâce à ses humbles pistons.

Oui, mais voilà, cet outil de secours qu'est le dribble a été dévoyé. Il est devenu, le croiriez-vous ! son exact opposé : un instrument d'humiliation de l'Autre. Pour les petits esprits, quoi de plus jouissif sur un terrain que de crocheter un adversaire et le laisser pantois, figé au sol, alors qu'ils virevoltent déjà plus loin, d'ailleurs c'était tellement bon que l'envie leur vient de remettre ça avec le prochain adversaire, et ainsi de suite, l'euphorie et le sentiment de puissance enflent à chaque succès. Le but du jeu n'est plus le but justement, on l'a oublié, mais d'éliminer le plus de joueurs d'en face, comme le pilote de chasse ajoute des croix sur son fuselage. On l'a deviné, je suis moi-même un piètre dribbleur. Ceci expliquant cela, diront certains. Je les conchie.

À la réflexion, ma carrière de joueur a été un long chemin de croix. J'entends parfois cette assertion aberrante : « Moi, je joue pour m'amuser, pas pour gagner… » Outre que cette réduction du terrain de sport au statut de bac à sable me déplaît foncièrement, elle est fausse ! Le potentiel ludique du football n'est pleinement accompli que s'il y a réel engagement, un combat à mort, une offrande de ses propres tripes sur l'autel de la victoire. L'axiome serait plutôt le suivant : si tu ne joues pas pour gagner, tu ne t'amuses pas. C'est incompréhensible pour les militants pacifistes, dont je suis par ailleurs. Dans le reste de la vie, je suis Gandhi. Et je garantis qu'il n'y a aucune incompatibilité. C'est la Gloire du Jeu, il faut la servir telle qu'Elle l'exige. Victoire et défaite y sont les deux pôles du Grand Équilibre.

Et aux praticiens des disciplines spirituelles, que je respecte infiniment, j'ajoute ceci : gagner non pas pour être meilleur que l'adversaire, mais meilleur que soi-même ! Grandir à l'occasion de l'Autre, cet adversaire qui est en fait mon partenaire sur le chemin de la transcendance. Mais à qui confier çà sans encourir la meurtrière ironie de mes contemporains ?

Quand, dans la vraie vie, on fait mine de s'intéresser à moi et qu'on me demande à quelle place je joue sur le terrain, il y a une réponse que j'aurais adoré pouvoir produire, qui correspond dans mon échelle de valeur à quelque chose comme roi du monde, c'est… meneur de jeu. J'adore ce concept: « meneur de jeu »… Celui qui s'en trouve nimbé reçoit une couronne impériale sur la tête, que souvent il s'administre lui-même, comme au sacre de Napoléon. Car le meneur de jeu ne doute de rien, jamais. Sur le terrain, il calme tout le monde par sa seule présence. Il canalise tous les ballons ; ses partenaires en détresse ne réfléchissent pas et lui transmettent illico la patate chaude, elle est en lieu sûr entre ses pieds, c'est un coffre suisse. Dès lors, le meneur de jeu va « impulser » ; l'énergie du groupe viendra de lui, de son inaltérable confiance en la vie. Le bloc équipe monte d'un cran en intensité et sur le terrain. C'est le panache blanc d'Henri IV, tous s'y rallient sans atermoiements.

Ensuite, le meneur de jeu va, de son œil d'aigle, distribuer, gauche-droite-dans l'axe, ses flèches précises. Il va plus exactement mettre sur orbite, faire marquer ses coéquipiers, soudain boostés par un invisible aiguillon. Mais lui restera dans l'ombre, grand architecte modeste, modérant les hourras. Pourtant, s'il le faut dans les moments critiques, et palliant la faillite du collectif, c'est lui qui viendra porter seul l'estocade, faire basculer le score, manifestement à ses ordres lui aussi. Voilà ce que j'aurais aimé être et dire de moi dans les dîners en ville, « meneur de jeu », tandis que des grains de poussière tournoient dans la lumière des vitraux. On m'aurait rétorqué : « comme Platini ou Zidane ? ». J'aurais mollement protesté d'un « si tu veux... ».

Au lieu de ça, je dis « ailier », un poste qui n'existe plus (on ne dit plus non plus stoppeur ni libéro, ou relayeur...). Et puis on sent bien, dans le poste d'ailier, le type exilé là-bas, un peu en marge, vaguement ostracisé le long de la touche, une sorte d'intermittent, de supplétif auquel on fait appel en dernier lieu... Est-ce que mes partenaires me considèrent comme un coffre suisse, au moment de me faire la passe ? Je crois avoir démontré que non. L'aspirant meneur de jeu que je suis, quand il reçoit miraculeusement la balle, s'emmêle souvent les pinceaux, tout surpris de l'offrande, et s'en débarrasse vite fait, fût-ce pour l'adversaire, de peur de commettre une erreur sous les yeux de tous, ce que, faisant, il commet. J'ai atteint un tel stade de lucidité que je réalise une chose assez troublante : moi-même, si je devais me faire une passe, j'hésiterais.

Quand j'y pense, ma vie de spectateur de football n'a pas non plus été heureuse. Je réalise que pratiquement 90 % des matches que j'ai regardés au stade ou à la télé furent des déceptions. Je souffrais pour mon équipe, prenais parfois une raclée, au mieux concédais un pauvre match nul sans gloire. Il faut dire que j'ai commencé cette carrière de supporter dans les années 70, au cours desquelles l'équipe de France ne se qualifiait jamais pour la Coupe du monde… Je me raccrochais alors par défaut à des nations loser dans notre style : la Pologne en Allemagne 1974 (l'Allemagne gagne), la Hollande en Argentine 1978 (l'Argentine gagne). Bref, tirant toujours le mauvais numéro.

J'aborde avec beaucoup de difficulté l'acmé tragique de mon passé de téléspectateur : la demi-finale de Séville, Espagne 1982. Première épopée glorieuse de l'équipe de France, qui enfin redressait la tête. Elle s'est achevée dans le sang (celui de Battiston), la défaite épouvantable et l'injustice absolue. Rarement je suis descendu aussi profondément dans le puits de tristesse que nous possédons tous. Voyant les Allemands exulter au terme d'un match incandescent que nous avions pourtant nimbé de tant de grâce, je suis sorti dans la rue littéralement sonné. Je n'ai pas de souvenir précis outre que celui du petit matin qui se levait sur une ville amorphe où j'avais marché sans but (le mot juste), mort-vivant qui ne voyait plus de raison de continuer une existence frappée du sceau de l'iniquité, dans un monde où triomphaient sans gloire les monstres en noir et blanc à coupe mulet.

C'est quelque chose que j'ai fini par comprendre : je prends pour moi chaque défaite, je vis les matches comme un enjeu personnel. Tout un chacun normalement constitué « passe à autre chose ». Le football reste un objet extérieur. Pas pour moi ! C'est une affaire privée, on l'a compris. Une autre des raisons de mon profond sentiment de solitude.

Sauf ce jour-là, dimanche 8 juillet 1982. Pour la première fois, j'ai eu la certitude qu'une nation entière vivait le même drame, à l'unisson de moi-même. Après la défaite, ce ne furent que tristesse et abattement autour de moi, mon état normal après un match, sauf que, là, il s'était généralisé ! Paradoxalement, j'aurais pu en faire une source de joie, me sentir pour une fois en osmose avec l'époque. Mais non, c'est mal me connaître, ce furent tristesse et abattement AU CARRÉ. Toujours un cran au-dessus.

Alors que je déterre le traumatisme – c'est bien la tâche que m'a assignée Anne –, je m'aperçois qu'elle s'est endormie. Au cœur du récit poignant de ma traversée nocturne d'une ville en feu. Quand j'ai parlé chez elle d'insensibilisation à la souffrance footballistique, j'aurai pu parler de totale immunité, voire de cruauté mentale envers une personne en état de faiblesse. J'ai éteint la lumière comme on tire le rideau. Mais il me fut impossible de fermer l'œil. Là-bas, dans les tréfonds bouillonnants, j'avais réveillé la bête.

J'ai fini par me lever au cœur de la nuit noire. Inutile d'essayer. Je ne dormirai plus. J'ai bu mécaniquement un verre d'eau, les pieds nus sur le carrelage froid de la cuisine. Mais rien ne pourrait étancher ma soif de revanche. Mon cœur était reparti là-bas, à Séville, en ce fatal mois de juillet de ma jeunesse enfuie. Jamais je n'ai revu les images du match. Je pense même n'avoir jamais reparlé du cataclysme avec quiconque. Qui pour me comprendre trente-cinq ans après ? Il y a eu des commémorations, tous les dix ans au moins, bien de fausses indignations. Si les blessures de ces témoins avaient été aussi réelles qu'ils le prétendaient, alors ils en eussent été exsangues de les voir rouvertes. Mais non, ils ont survécu inexplicablement à cette petite fin du monde. Et moi je zappais à la moindre évocation de la susdite. Seul, comme toujours, avec ce goût de cendre.

Peut-être est-ce l'injonction d'Anne de descendre dans le marigot de moi-même, parmi les cadavres flottant entre deux eaux ? Je sens que le temps est venu. Il y a une demi-heure j'aurais dit non, plutôt crever. Moi vivant, jamais, etc. Et voici pourtant que je me dirige vers mon bureau. Mystères de l'âme humaine. Je n'allume même pas la lumière. La pénombre sied à cette traversée du Styx. La clarté lunaire diffusée par l'écran de mon ordinateur dessine sur mon visage des ombres inquiètes. C'est une clause de style, car je n'ai aucun moyen de le vérifier, sans miroir, ni retour caméra. Mais c'est ainsi que je le vois. Mon profil est une lame de couteau.

Et voici que j'écris, que dis-je, je grave, l'incipit maudit dans le cadre réservé à cet effet sur Google : Séville 82. Le moteur de recherche a l'air de savoir de quoi je cause, puisqu'il me crache sans délai une série d'occurrences toutes en rapport avec ce que vous savez, la pourtant innommable demi-finale. Mais, bon, j'ai dit que j'étais prêt. Il est trois heures du matin. Je fais le signe de croix en regardant le ciel, depuis mon rond central. C'est parti. Le match sur YouTube est complet. Mon désespoir aussi qui réapparaît intact au coup d'envoi.

Rapidement je suis dans le feu de l'action, pris par l'enjeu (magie du football), comme si tout pouvait être joué encore, que rien n'était accompli. J'y crois. On va changer le cours de l'Histoire ce soir, récrire la légende (n'oublions pas l'heure tardive qui altère la lucidité). Je ne peux pas empêcher le premier but, sur un mauvais renvoi. 1-0. Je reste confiant, je trouve qu'on est bien en place, et les Allemands ne sont pas aussi dominateurs. Quand survient le pénalty, je tremble que Platini ne le mette pas au fond (contre le Brésil, quatre ans plus tard, il le tirera sur la barre, je suis en pleine confusion).

1-1 à la mi-temps. C'est pas mal. On va les bouffer. L'ardeur, la foi, sont de notre côté. *Gott mit uns*. La foule des spectateurs aussi, et je ne doute pas que le tiers d'humanité qui regarde le match ne le soit également. La deuxième période démarre un peu vite, évidemment ils n'ont pas laissé le temps de la pause, la pub, les bières, le débrief entre amis… On réattaque direct. Ouf ! C'est rude. Mais les bleus sont sur le même tempo, le vent de l'Histoire est avec nous, tout le monde le sent. Le Saint Empire romain germanique se fissure.

Et puis il y a cette minute 50. Elle s'affiche sur mon écran. Ce n'est pas encore le choc Battiston-Schumacher qui interviendra 7 minutes plus tard, non. C'est autre chose. Dans un éclair, je comprends que tout va basculer, mais dans le mauvais sens. Le diable s'est invité dans le match, le grain de sable dans l'engrenage. Personne ne l'a compris comme ça, pas même moi à l'époque. Mais là, je l'ai vu. Le détail fou. Comment ai-je pu passer à côté de l'énormité sans réagir ? Et qui parmi les milliers de commentateurs de l'époque pour le noter ? Personne. Suis-je le seul, encore et toujours, à l'avoir remarqué ? Oui, je suis le seul.

3

Mon premier sentiment au réveil est celui d'un mauvais rêve. Je suis dans ce flou matinal qui forme un sas vers le réel. Quand je dis « matinal », l'horloge du portable m'inciterait plutôt à dire « début d'après-midinal » si la langue française avait tenu compte de gens comme moi. C'est-à-dire de personnes n'ayant pas d'obligation impérative à sortir du coma et dont les débuts de journée flirtent plutôt avec les 14h30. Une autre façon de dire que la vie m'offre en ce moment l'une de ces jachères dont elle a le secret. Bref, je n'ai plus de boulot, je n'épilogue même pas. Allez, debout !

Anne, bien sûr, est déjà au travail. Pour les futurs archéologues, elle serait une mine d'informations précieuses sur les habitudes alimentaires du XXIe siècle. Elle laisse tout en l'état ! Quand on arrive après elle dans la cuisine, c'est comme entrer dans Pompéï juste après le drame. Les habitants surpris par le cataclysme sont fossilisés dans leur activité, les accessoires du quotidien en place autour d'eux, intacts. De même je trouve son mug de thé (lapsang souchong), ses restes de tartines sans gluten, et la revue ouverte à la page qu'elle lisait, tout cela fumant ou presque. Sans risque d'erreur, je peux reconstituer son biotope entre le mixeur et les écorces d'orange encore chaudes. Mais tant pis pour les archéologues du quatrième millénaire, je range tout et je fais la vaisselle.

Je n'en tire aucune gloire, c'est bien le moins que je puisse faire pour aider une personne qui s'est levée en pleine nuit, vers les 8h15. En brossant la délicate empreinte de rouge à lèvres sur le bord du mug, la réalité est venue me percuter, avec son effet retard. Non, il ne s'agissait pas d'un cauchemar, oui, j'ai revécu la demi-finale de 1982. Et les fantômes de Séville sont venus me visiter en glissant sous mes yeux un détail oublié de l'histoire de l'humanité. Volontairement je superlativise, car j'ai bien conscience que pour une immense partie de la population mondiale actuelle, et même de cette époque, ce détail ne revêt aucun sens, et qu'il eût mieux valu le laisser dans son trou noir galactique.

Je ne suis pas d'accord (on l'imagine). Ceux qui ont le souci des vérités enfouies, ceux qui poussent loin l'exigence de transparence, dût-elle nous mettre à mal dans nos conforts établis, me suivront. J'ajoute les amateurs d'effet-papillon, car le battement d'ailes de ce détail a eu bien des conséquences en chaîne. Hé ! Ça commence à faire du monde. Mais à qui m'adresser, dans cette toute première urgence ? Ceux qui n'ont rien vu à l'époque, les soi-disant professionnels, n'aimeront pas qu'on leur jette à la figure leur criante cécité. Ils nieront. Ou, pire, prétendront que tout ça est lointain et que tout le monde s'en fout. Je souffre déjà de l'argument spécieux. La ligne Maginot, c'est loin ? Et l'affaire Dreyfus ? Le défilé des

Thermopyles de la Grèce antique, oui, c'est loin. Et alors ? Le temps n'efface pas les graves erreurs de l'Histoire. Je ne peux pas garder ça pour moi. À la réflexion, une seule personne me prêtera son oreille amicale, dans ce maëlstrom d'indifférences. Une seule. C'est déjà ça.

Fred, bien sûr. Mon coéquipier des bons et mauvais jours. Il travaille au service des Sports du grand quotidien national de référence. C'est du lourd. Bien sûr, au sein de ce journal de l'élite intellectuelle, les pages « Sports » sont un peu traitées avec condescendance. Mais Fred n'a rien à voir avec les bourrins des tribunes de presse, il appartient à une certaine noblesse de la discipline, et sa culture sportive le place un peu au-dessus de la mêlée. Son avis me sera très précieux. Car, pour l'instant, je suis seul avec mon brûlot.

Il tarde un peu à me prendre en ligne. J'imagine sa tête quand il a vu mon nom s'afficher sur son smartphone. Un soupir, probablement. Je présume qu'il a fini par décrocher, poussé par la culpabilité. C'est vrai, on ne sait jamais comment peut réagir un dépressif soudain éconduit (un dépressif ? Moi ? Mais je suis remonté comme un coucou !). Voici ce que je lui ai lâché d'une traite : « Salut Fred. J'ai revu Séville 82. Y a un truc que personne n'a vu et qui a totalement bouleversé le match, le sort de l'équipe de France des quinze années suivantes, et la mentalité collective du pays. » Et j'ai raccroché. Pas mécontent de mon petit effet.

Je ne vois pas comment il peut ne pas rappliquer dare-dare après une telle bande-annonce. J'ai balancé trois scuds, deux avec des révélations sportives, et un dernier qui induit une déflagration sociologique. À l'intention d'un journal qui place son approche des faits à ce niveau, c'est pain bénit. On me sait maintenant prompt à l'inflation verbale. Mais je suis prêt à assumer mes effets de manche. À démontrer patiemment la pertinence de mon raisonnement. Il ne manque que l'interlocuteur. Il s'est fait attendre.

J'ai tourné comme un fauve en cage toute l'après-midi, porteur du lourd secret. Non sans inquiéter Antoine de retour de l'école. Mais il est hors de question que je l'affole en chuchotant à mots couverts que papa a découvert quelque chose de grave, mais que le monde n'est pas prêt à l'entendre. Sa mère m'aurait foudroyé. Sa mère, d'ailleurs, qui m'observe arpenter l'appartement, ranger mille fois la vaisselle, mes habits épars, reclasser mes trente-trois tours... Elle soupçonne une entourloupe, cette folie de rangement ne m'étant pas coutumière (euphémisme). Comment pourrais-je partager le fardeau avec quelqu'un pour qui Séville n'évoque sans doute que le barbier ? Et comment l'en blâmer ?

Et pourtant Séville 82 marque la naissance du football dans toute sa puissance dramaturgique. Du point de vue du spectacle, c'est le match parfait. Aucun auteur n'aurait pu l'écrire, car il lui aurait toujours manqué l'instantanéité. Le vertige consubstantiel d'un récit qui s'écrit dans l'immédiat, sans qu'aucune pensée démiurgique n'y préside. À chaque moment le tout-possible est grand ouvert. C'est la raison pour laquelle un match est le spectacle ultime, imaginé par des scénaristes contradictoires (les deux équipes) soumis à une multitude de facteurs immaîtrisables (public, arbitres, intempéries). Le résultat est un chaos organisé dans l'aléatoire qu'on ne pourra jamais reproduire à l'identique. Un événement-prototype qu'aucune loi ne soumet à aucune certitude.

La demi-finale France-Allemagne contient à ce titre les ingrédients les plus lisibles de la dramaturgie antique : de candides et valeureux héros soumis à une injustice, un preux chevalier terrassé, sorti sur une civière, avec son capitaine lui tenant la main, de vrais gros méchants de mythologie, portant moustaches, un tragique et improbable revirement du score (les Français se font remonter deux buts en fin de match) et un final étouffant qui voit triompher la force sur la vertu, la Bête de la Belle. Tout ceci d'un strict point de vue partisan franco-français, d'une mauvaise foi sans doute totale, mais qu'une grande partie de l'auditoire mondial avait adopté. Et même, côté allemand, des voix se sont élevées pour déplorer la méthode, et l'opprobre de nouveau jeté sur une nation allemande qui n'avait pas besoin de ça.

J'observe l'heure à la grande horloge murale de la cuisine. Le peu d'empressement que met Fred à débouler (encore une heure ou deux et le mot « débouler » aura perdu toute sa substance) fait naître chez moi un doute. J'ai dit, et je redis, que je suis aussi l'homme des examens de conscience. Peut-être ma minuscule découverte est-elle effectivement dérisoire, peut-être que Séville 82 ne veut plus rien dire pour personne… sauf pour Google qui a une mémoire titanesque mais dépourvue d'affect ? Peut-être mes ratiocinations sont-elles le fruit de mon oisiveté professionnelle, et son inévitable déshérence de l'esprit ? Si c'est le cas, je me promets néanmoins d'aller examiner la raison pour laquelle, moi, je suis remué aux tréfonds par ces enjeux. Et plus généralement pourquoi tout ce qui a trait au football me fait courir sur des braises. Mais pas tout de suite. D'abord, les faits.

J'ai dû m'endormir sur le canapé du salon. Anne est rentrée du boulot depuis longtemps, par la fenêtre le jour est tombé. Je n'ai pas entendu de coup de sonnette, et pourtant ça chuchote dans l'entrée. La voix d'Anne et, plus sourde, celle de Fred. On dirait qu'ils parlent d'un mort dans la pièce d' à côté. Les bribes saisies donnent à penser qu'Anne recommande de prendre soin de moi. C'est bien aimable mais non ça va. Selon elle, j'aurais besoin de prendre l'air, de sortir de ma cage. (Je pouffe.)

De fait, quand Fred pousse la porte du salon il affiche le sourire faux-cul du visiteur de malade. En un bond je suis sur pied et lui offre le visage rasséréné de l'ami parfaitement équilibré. Simplement soucieux de partager une découverte. On mesure le bémol que j'applique à ma partition. Je ne le tiens pas longtemps. À peine la porte de mon bureau franchie, la fièvre me reprend. J'allume l'ordinateur et commence à saisir Séville 82. Finaud, Google me complète à toute blinde après à peine trois lettres. Son impatience me fait plaisir. Fred n'est pas sur cette ligne.

« Tu vas pas me montrer le match quand même ? ». (Je soupire bruyamment.) Tu te souviens de ce qui s'est passé à la 50e minute, Fred ? J'accélère le match lancé sur YouTube, tandis que Fred hausse les épaules, façon de dire : « Tu crois que je peux me rappeler de tout ? » Voilà, 50e... Genghini sort sur blessure, Battiston le remplace... Tu te souviens de ça ? « Si tu veux me montrer l'agression sur Battiston, ça va, je m'en souviens, tout le monde s'en souvient... Quoi de neuf ? » Eh bien non, Fred, rien de plus, tout est là. À la 50e minute, Battiston remplace Genghini. C'est de là que tout est parti. Petites causes grands effets, le battement d'ailes du papillon, appelle ça comme tu veux... De cette anomalie initiale va découler tout le reste. C'est-à-dire plus d'une décennie noire pour le football national et, c'est ma théorie, je le crois, un impact négatif sur la société française qui plongera le pays dans une spirale dépressive. Je veux bien t'en faire la démonstration, mais j'ai besoin de toute ton attention. Et surtout que tu oublies tes a priori. Tout ce que tu crois savoir de moi, tout ce que tu crois savoir de ce match. » (Fred se laisse tomber sur le siège de bureau, soupire, et me désigne l'écran, résigné, l'air de dire vas-y.)

« Alors voilà. Battiston est sur le terrain depuis moins de six minutes, il est plein axe, dans le rond central, chez l'adversaire. Platini le voit étonnamment seul à la pointe, et lui adresse une ouverture lumineuse qui le propulse vers le but allemand, regarde ; Battiston file seul, balle au pied, la suite tu la connais : le gardien Schumacher vient le percuter sans se préoccuper du ballon, et le tir de Battiston passe à côté de la cage. Oui, je sais, moi aussi ça me fait mal de revoir ça. Je mets sur « pause ». Battiston est au sol, vertèbres cervicales déplacées, deux dents cassées, il perd conscience. Et l'arbitre ne siffle rien, pas même un coup franc. T'as rien remarqué dans cette scène ? »

Fred se lève d'un bond : « Quoi ? J'ai vu ça cent fois ! Qu'est-ce que t'essaies de me vendre ? Une théorie du complot ? Il y avait un sniper embusqué ? Tout me révolte dans cette séquence, et c'est le cas de tous ceux qui l'ont vécue en direct… So what ? Quoi de neuf ? » Calme-toi, Fred, on fait de l'archéologie, là… Essayons de conserver notre esprit scientifique (haussement de sourcil de Fred). Je rembobine. Voilà, Battiston fonce vers le but, seul. Je te mets le ralenti. Observe bien sa course. « T'es en train de me faire la reconstitution de l'assassinat de Kennedy, là ? » Oui, en quelque sorte. Observe le regard de Battiston, il est braqué sur le ballon, il ne le quitte pas des yeux. C'est pourquoi il ne voit pas le gardien Schumacher littéralement fondre sur lui. Et toc, percussion. Oui, je sais, ça fait mal à chaque fois.

Fred, tu t'y connais un peu ? On en a vu des attaquants filer seuls au but. J'ai passé la nuit à en visionner figure-toi, de ces duels avec le gardien… L'avant-centre conduit la balle en levant les yeux, ils savent faire ça, c'est leur métier, pour anticiper la sortie du goal. Dans pratiquement tous les cas, quand ils voient le goal sortir à fond de sa surface, soit ils le lobent, soit ils le dribblent facilement. Parce que, quand un adversaire arrive aussi vite sur toi, un simple crochet suffit à le mettre dans le vent. C'est de la technique pure, tu comprends ça ? C'est même de la cinétique : les deux vitesses s'additionnent, le contact s'évite alors facilement d'un petit décalage…

« Ouais et alors ? » Et alors, Battiston ne lève pas les yeux du ballon comme le font les attaquants, n'anticipe pas la sortie de Schumacher, ne le crochète pas sur la droite pour marquer ensuite, tranquille, du plat du pied, là, regarde, il y avait la place pourtant… Et il manque le cadre… Tu sais pourquoi tout ça ? (Va-et-vient de la tête de Fred, en forme de « non », je laisse un temps de répit avant de donner la réponse…) Parce que Battiston n'est PAS un attaquant !

(Fred laisse lui aussi passer un temps, pris de court, me semble-t-il.) Eh oui, Fred, ce n'est pas son jeu, il n'a pas été formé à ce poste, il n'a pas l'expérience du duel avec le gardien, je ne lui en veux pas une seconde, simplement il n'avait aucune raison d'être à cet endroit ! Regarde, quand l'action commence, il est à la pointe de l'attaque, c'est bien le joueur français le plus engagé chez l'adversaire ? Qu'est-ce qu'il fout là ? Eh bien, c'est le résultat d'une terrible erreur de casting ! Parce qu'à la 50e minute l'entraîneur Hidalgo, que j'admire tellement, c'est l'un des plus grands, prend une décision aberrante : il le fait entrer devant ! Un défenseur… en attaque ! En pleine demi-finale de coupe du monde ! Hidalgo, Michel, mon ami, tu es devenu fou ?

« Là, sur ce coup, je peux pas te donner tort, dit Fred, qui vérifie sur l'internet de son smartphone, Battiston est défenseur latéral, il a fait toute sa carrière comme arrière droit et n'a jamais marqué un but en équipe de France… » Eh oui, et qui l'a remarqué, ça ? Tu as déjà entendu un commentaire sur ce contresens ? Non ! Mille apitoiements, indignations, lamentations, mais aucune analyse stratégique !

Pourtant les conséquences de ce choix sidérant vont être incalculables : déjà le but n'est pas marqué, à 2-1 l'Allemagne ne serait pas revenue au score, on était euphoriques, il n'y aurait pas eu prolongations, on était en finale. Deuxième effet: Battiston n'a joué que sept minutes, il faut déjà le remplacer. Or, à l'époque, on n'avait le droit qu'à deux changements, donc il ne sera plus possible de faire entrer un joueur frais en fin de match. Les Allemands le pourront, eux, et ils feront entrer leur star Rummenigge pendant les prolongations. C'est même lui qui marquera, alors que les Français sont cuits et se font remonter au score. Rideau.

Tu es d'accord, Fred ? Il y a là un mystère insondable ! Comment un entraîneur français, parmi les plus avisés et les plus expérimentés, en arrive à décider ce contre-emploi à ce moment d'une Coupe du monde: un défenseur qui, par la force des choses, va se retrouver à la pointe de l'attaque ? Une décision pour le moins rock' n'roll, qui ne mettra pas sept minutes à être contredite, on peut dire même, sévèrement punie… Il a dû se passer quelque chose, non ? Il faut qu'on sache, tu crois pas ?

Fred m'observe longuement… Puis hoche la tête.

4

Aujourd'hui dimanche, jour de foot à la Porte de Vincennes. Le terrain est gras et moi dans un état euphorique. Je ne cours pas, je vole. Mes partenaires ont dû le sentir. Car, sur le terrain, les homo footballicus communs redeviennent des animaux à l'instinct aiguisé. Ils saisissent ces ondes subtiles que nous émettons, états de grâce ou détresse, peur ou joie de jouer. Et donc les passes ont convergé vers moi sans que je les réclamasse à cor et à cri. Plus besoin de vociférer, c'est nouveau. Je suis dans la fluidité subliminale du match.

On m'envoie même des ballons désespérés, là-bas, sur mon aile gauche. En temps normal, on n'aurait même pas tenté, peine perdue, autant botter en touche, on penserait que je n'aurais rien fait du cadeau, j'ai cette étiquette « gâcheur de ballons » floquée sur le maillot. Mais là, non, on m'a propulsé une longue passe sur le coin gauche, je file vers le poteau de corner pour tenter de maîtriser la bête bondissante. Déjà, Serge, qui joue gardien, fonce vers moi avec son quintal, son souffle de sanglier et ses deux bras poilus qu'il écarte pour annihiler toute chance d'exploiter ce ballon pourri. Il faut dire que je suis excentré, presque à la ligne de corner, angle plus que fermé. Bref, personne ne mise une cacahuète sur ma survie. Mais la balle fait un bond juste derrière moi et je tente un coup fumeux sans contrôle : une talonnade de desperado. Le ballon part vers les airs, lobe le gros Serge stupéfait et, au terme d'une hyperbole parfaite, va se loger dans la lucarne du but vide.

Ovation des partenaires, sidération des adversaires. Je suis le centre de toutes les attentions. Je regagne avec humilité ma partie de terrain, pour une remise en jeu. Chacun vient me tapoter le dos, hilare ou incrédule. Ce qui à la réflexion me dérange un peu : ça prouve à quel point on m'avait rangé dans la catégorie des nazes dont il n'y avait rien à attendre. J'ai déjà observé ce phénomène. Quand je réussis un geste honnête mais sans plus, mes coéquipiers me gratifient d'un « Waouh ! » sincère ou ironique, alors que le même mouvement réussi par un joueur normal n'attire aucun commentaire. Je m'étais déjà dit que ce symptôme est de ceux qui me mènent tranquillement à la fin de carrière. Le jubilé. La petite mort.

Mais, aujourd'hui, je goûte mon euphorie. Définitivement, le football est un sport psychologique. Quand la confiance est là, les gestes les plus dingues sont possibles. À l'inverse, quand le doute s'installe, l'amorti le plus anodin est raté. Bien sûr, la technique, bien sûr, le physique, mais, en dernier lieu, tout est dans la tête. C'est ce qui fait la différence entre deux grands joueurs, deux grandes équipes. La potion magique qui renverse les situations les plus compromises. J'ai d'ailleurs mis tout ça en équation : le football, c'est 30 % de physique, 30 % de technique, 30 % de mental et 10 % de chance. Trop de l'un ou de l'autre déséquilibre l'ensemble. La justesse du jeu est là, dans ce théorème. Je n'en démords pas.

Bref, aujourd'hui tout me réussit, sauf un détail qui me chagrine : Fred n'est toujours pas arrivé. À la faveur d'une sortie du ballon en touche, je l'aperçois là-bas, hors d'haleine. Il est en short, il a sa paire de gants de gardien et va immédiatement prendre sa place dans les cages, libérant un partenaire. J'observe d'ailleurs que le partenaire me désigne du doigt en souriant, un autre s'approche et surenchérit. J'imagine que la rumeur de ma talonnade phénoménale suit son chemin. Fred a un air étonné, mais finalement bien content pour moi. C'est à ça qu'on voit les amis.

À la fin du match, tout le monde se rhabille. Pas de vestiaire, bien sûr, les habits sont accrochés aux branches d'arbre. La conversation roule à nouveau sur mon geste fou. Ça va, les gars, n'en faites pas trop. Certains qualifient ma talonnade de « madjer », du nom de l'Algérien Rabah Madjer qui inaugura un but de cette manière avec l'équipe de Porto contre le Bayern de Munich en 1987. Il est d'usage dans le football de baptiser un geste inédit du nom de son initiateur. Ainsi une « panenka » est à jamais un pénalty tiré plein centre d'une pichenette, qui profite du plongeon anticipé du gardien. Elle a été inventée par le Tchèque Antonin Panenka.

La discussion est vive car une madjer se dit d'une talonnade dos au but, pratiquement sur la ligne. Or d'aucuns arguënt qu'au moment des faits je suis de face, excentré loin de la cage, et que mon talon coulisse latéralement pour un but en lob au-dessus du gardien. L'assemblée concède qu'il n'y a pas d'équivalent connu. Je résiste in extremis à l'envie de suggérer que, en ce cas, on pourrait lui attribuer mon nom, reconnaissance d'une création originale. Mais je pense que mon passé récent de joueur à la dérive ne plaide pas en faveur d'une totale maîtrise technique de ma part sur ce coup (et pourtant je jure que c'était intentionnel et non le fruit du hasard). Je sens qu'on mettrait ça sur le compte des 10 % de chance déjà cités, et qu'on trouverait outrecuidant que je m'en attribue la paternité pour les siècles des siècles. Tant pis, moi, je sais.

« Bon alors ? » Ça c'est moi qui aborde frontalement le camarade Fred, qui lui ne se rhabille pas. Il vient et repart avec la même tenue (c'est un débat entre nous), vieux pantalon de survêtement poché aux genoux. Quand moi j'arbore short et maillots sang et or du Racing club de Lens, club fétiche de mon enfance. Lequel semble avoir connu la même courbe descendante que ma propre carrière puisque, jadis champion de France, le voilà cette saison qui grenouille en bas de tableau de la ligue 2, flirtant avec la ligne rouge de la relégation. Triste miroir de moi-même.

« Bon ben alors, c'est pas gagné, notre affaire… lâche Fred en écartant les bras comme un gardien de but. J'en ai parlé en conf' de rédac' (je déteste les abréviations professionnelles, mais ce n'est pas le moment de polémiquer)… Déjà il faut que tu saches que, dans la rédaction, la moyenne d'âge, c'est trente-cinq ans… Autant te dire que Séville 82, ça n'éveille rien de douloureux… Oui, bien sûr, ils ont entendu parler… Tu sais, on n'est pas un journal de sport… Mais un quotidien d'analyse et de faits de société… Là on est trop sur de la querelle de spécialistes… »

Je bous intérieurement. Je sais trop bien ce que recouvre cette expression dans son esprit : autant dire « enculeurs de mouches », « coupeurs de poils de cul en quatre »… Alors que nous parlons d'une demi-finale planétaire et que ces mots indignes sont prononcés sur la quasi-tombe de Battiston… Mais je décide d'être plus fin et renonce à la gifle, suivie d'un duel à vingt pas sur le terrain de Vincennes, avec Serge le néandertalien comme arbitre… « Analyse et faits de société », dit-il… Je m'engouffre dans la brèche.

« Mais, mon pauvre ami, ma théorie déborde du terrain stricto sensu pour entrer dans la psychologie collective. Il s'agit d'examiner comment la minuscule décision d'un homme seul sur le bord de la touche a eu une cascades de conséquences, qui tient du fameux battement d'ailes de papillon, tu sais celui qui provoque un tremblement de terre de l'autre côté de la planète…

Quel a été l'effet de cette tragédie sur les foules de téléspectateurs (rappelle-toi, le pays entier était devant le petit écran) ? Je prétends que ce match a contribué à instiller dans les esprits le poison d'une croyance : peu importe que nous soyons les meilleurs, on perd. Peut-être même perd-on parce que nous sommes meilleurs. Même si nous sommes brillants, le football reste un jeu à onze contre onze et, à la fin, c'est les Allemands qui gagnent.

Je prétends qu'une chape de plomb a alors recouvert le pays de cette conviction commune : les Français sont des perdants, magnifiques, certes, mais perdants. Encore une fois, peut-être perdants parce que magnifiques. On n'y arrivera jamais ! Évidemment se profile le spectre de la défaite de 1940 devant la même Allemagne. Ce match convoque tous les grands traumatismes historiques, les Diên Biên Phu et Alésia…

– T'en fais pas un peu trop ?

– Mais non, Fred ! Tu n'ignores pas la puissance des inconscients collectifs ! Et tu sais qu'un terrain de football opère comme le miroir d'une société. Ce jour-là l'équipe de France a réactivé une certaine fatalité de la défaite qui nous colle à l'Histoire comme un vieux chewing-gum.

Tiens, autre miroir d'un pays : son économie. Hasard ou coïncidence, un an plus tard, 1983, la prospérité et le vent de réforme marquent un coup d'arrêt. On entre dans une ère de récession qui est partie pour durer. Je ne dis pas que la demi-finale perdue en est la cause directe, je pense qu'elle y a contribué comme un facteur aggravant, voire déclencheur. On ne soupçonne pas à quel point le sport, et principalement le foot, sont des moteurs de l'opinion, de la mentalité collective. Et que les peuples fonctionnent avec ce genre d'énergies souterraines. À l'inverse, la coupe du monde gagnée en 1998 a provoqué un regain de l'économie et de la confiance en elle-même d'une nation… »

(Fred se gratte le menton, j'enchaîne avec l'objectif de le terrasser.) « Pour en revenir au terrain purement sportif, les conséquences de Séville vont être foudroyantes. On perd de nouveau quatre ans plus tard en demi-finale contre l'Allemagne (un clou de plus dans le cercueil). Et on ne réussira plus par la suite à se qualifier pour le mondial (en 1998, on est qualifié d'office, en tant que pays organisateur, ouf!). Sinon, la France est systématiquement absente des phases finales. Le poison du doute est dans les esprits. On parle toujours de l'effet positif des grands modèles dont la réussite nous inspire… Pourquoi n'y aurait-il pas un effet négatif des grands fiascos ?

Laisse-moi poursuivre ma théorie (Fred est dans les cordes). Les joueurs des équipes de France qui n'ont pas réussi à se qualifier (1990 et 1994) étaient des gamins quand ils ont vu la demi-finale de Séville sur leurs télés. Je reste persuadé qu'ils ont été impactés par cette psychose de l'échec et cette profonde conviction que, même si on est meilleurs, on n'y arrive pas. La preuve ? Je te préviens, elle est accablante. En 1994 la France n'a plus qu'un point à prendre pour valider son ticket pour la World Cup aux États-Unis. Un pauvre petit point, un match nul suffit, qui plus est lors de deux matches à la maison. Et contre deux équipes bien plus faibles, Bulgarie et Israël, qu'on a battues chez elles (Israël sur un 4-0 sans appel). Autant dire qu'on est en droit de préparer le champagne. Eh bien, par deux fois, et cette répétition du scénario n'est pas anodine, par deux fois l'équipe de France perd à cause d'un but à la dernière minute. Les Français, diront leurs adversaires, avaient l'air tétanisés sur le terrain. N'est-ce pas le signe à ce niveau d'une incroyable fébrilité ? Laisser filer le match et la qualif dans les dernières secondes ? Moi, je dis : c'est le syndrome sévillan. Le couperet de la défaite inévitable, contre toute attente. »

À cet instant, Will, qui a fini de se rhabiller et dont l'oreille traînait, intervient : « Ah ouais, je me souviens ! Putain, la honte ! À dix secondes de la fin, on était incapables de garder le ballon… Kostadinov nous met une lucarne et on est morts… »

Là-dessus, Will s'éloigne en bougonnant. Je le désigne du doigt à Fred, en appuyant d'un « ah ! » sans appel. Et j'enchaîne pour ne pas laisser Fred reprendre ses esprits.

« C'est-à-dire que la croyance s'est transmise à la génération suivante. Comme dans les familles, les lourds héritages génétiques ou les malédictions se passent des parents aux enfants, insidieusement, sans que personne ne prenne conscience de la chaîne sans fin qui s'est mise en place. Il faut un jour qu'un fils ou une fille se lève et refuse de transmettre le colis piégé. Et, dans la famille du football français, celui qui s'est levé s'appelle Zinedine Zidane.

D'ailleurs, si tu voulais une dernière preuve du traumatisme sévillan, souviens-toi de la finale France-Brésil 1998. À la mi-temps, nous menons 2-0. Qui en France pour se réjouir et penser que c'est dans la poche ? »

Je regarde autour de nous, il reste Jacques qui boucle son sac et Claude, nos deux grands anciens. « Hé, les gars ! En 98, deux zéros à la mi-temps contre le Brésil… C'était plié, non ? » Jacques se récrie. « Tu rigoles ? Jusqu'au bout, j'ai cru qu'on allait se faire remonter… » Claude surenchérit : « Moi, j'ai arrêté d'avoir les jetons au troisième but, à deux minutes de la fin… »

Je salue les deux gaillards qui partent en évoquant ce grand moment de trouille nationale. Et je fixe mon Fred de nouveau.

« Pourquoi, tu crois ? Le spectre du couperet teuton toujours menaçant du fond de ses années 80. On va se faire rattraper à la dernière minute, comme d'habitude. Au troisième but, la génération Zidane a vaincu le signe indien. Désormais, on a le droit de gagner. Et elle va confirmer deux ans plus tard à l'Euro 2000, d'une manière éclatante, façon rappel de vaccin. Et surtout sur un mode renversant. Nous allons imposer aux Italiens ce que nous avons subi : un but à la dernière minute. Quel clin d'œil ! Tu vois comme l'Histoire se répète, même à l'envers ?

Si tu remontes la pelote tu arrives à Michel Hidalgo 1982, 50e minute… C'est comme si notre petit entraîneur franchouillard et sympatoche avait libéré une énergie dévastatrice, qui a infléchi le destin d'une nation, depuis son bord de touche… Que s'est-il passé ? Tu crois pas que ça vaut une enquête ? »

Il m'a fallu une semaine pour savoir si j'allais continuer à porter seul le secret, comme une croix. Le dimanche suivant est revenu. Nous avons joué de nouveau (mal). Et le même rituel nous a reconduits à la voiture de Fred pour un retour Paris intra-muros. La tension du non-dit était palpable. Fred a choisi de la briser.

« Bon, j'ai présenté ça sous un angle plus… « magazine », plus fun… Pour le supplément du week-end, tu vois ?

– Et donc ? (Je ne décris pas mon état de fébrilité.)

– Donc, ça pourrait passer sous forme de story… En gros, je décrirais un zozo obsessionnel ayant découvert un détail dans cette demi-finale susceptible d'avoir changé la face de l'univers… Je résume… Et qui déciderait de rencontrer tous les acteurs du drame, pour faire la lumière sur cette « affaire »…

– Quoi ? (Les bras m'en tombent.) Tu viens de mettre des guillemets à « affaire », c'est ça, non ? Mais tu y crois, toi ? Ça t'a pas suffi ma démonstration ? Et puis qui est ce… « zozo obsessionnel », j'ai peur de deviner…

– Ne m'en veux pas, oui, bien sûr j'y crois, mais tu sais, pour vendre un sujet, il faut charger la barque, apporter un peu de spectaculaire, voire d'humour… Le truc, c'est que maintenant nous on a vraiment intérêt à trouver quelque chose… Le chef de rubrique a accepté la story mais il faut qu'on lui rapporte du lourd, tu vois ? Et comme rien n'est sûr, il me rembourse les frais, mais je dois faire ça sur mes week-ends… Autant te dire que ça m'arrange pas…

(Fred a dû sentir que j'étais sonné debout. Il m'a tapoté le bras.)

– Attends, ça c'est ma cuisine perso… Vois le bon côté des choses… Ça va se faire… Et d'ailleurs, je te confirme ça par texto, mais il se pourrait qu'on commence dès demain matin… J'ai pris des contacts… Allez (re-tapotage du bras)… Tiens-toi prêt ! Et bravo pour ta madjer (il s'éloigne et je le rappelle, toujours en état de choc).

– C'était pas une madjer… C'était une… laisse tomber…

Quand Anne m'a vu arriver, blême, elle a haussé les épaules. De nouveau je n'avais sans doute pas marqué. Tout de suite je lui ai posé la question.

– Anne, dis-moi, les yeux dans les yeux… Tu trouves que je suis un… zozo ? (Elle sourit.)

– Un peu, oui… Qui t'a dit ça ?

– Fred…

– Oh ben ça va alors… C'est plutôt gentil… Fred t'aime bien ! Il faut pas que tu prennes tout mal, on va plus en finir !

Je suis entré dans la chambre d'Antoine. Il s'est levé de son bureau pour me sauter dans les bras puis s'est interrompu, inquiet.

– Ça va, papa ? (J'ai fléchi les genoux et j'ai posé mes deux mains sur ses épaules.)

– Antoine, mon fils… Est-ce que tu trouves que ton père est un… zozo ?

– Un quoi ? Un oiseau ?

J'ai souri, il s'est détendu, et j'ai quitté la chambre.

De la conversation avec Fred, je donne l'impression de n'avoir retenu que cette expression. C'est qu'elle cristallise toute ma déception. Je m'étais livré à un ami, dans ce que j'ai de plus intime, le football. Il me semblait avoir fait preuve d'expertise et même d'un certain talent d'extrapolation, je le dis sans modestie car, à l'instant, ça me fait du bien. Me voir réduit à l'état de marionnette, de guignol en short, sape les fondements de mon être. Peut-être me suis-je trompé du tout au tout depuis le début, Peut-être ne suis-je qu'un zozo obsessionnel ?

Anne à qui j'ai fini par confier ma peine a eu la bonne réaction. Elle n'a pas accueilli le choc subi en le minimisant, voire en le niant. Elle m'a pris dans ses bras et m'a dit qu'elle comprenait ce que je ressentais (même si c'était parfaitement faux, personne, je dis bien personne, ne peut comprendre). Et puis, quand mon chagrin d'enfant a fini par fondre au soleil de son cœur (j'ai l'impression d'écrire comme dans un compliment de fête des Mères, c'est dire l'état de ramollissement généralisé dans lequel je me suis laissé aller), elle a attiré mon attention sur la bienveillance de Fred, au-delà de son côté bourru. N'ai-je pas obtenu ce que je veux ? Partir à la rencontre des acteurs du grand mystère que j'ai soulevé ? Vivre une expérience active au lieu d'être simple spectateur ? Elle a eu cette formule naïve (je l'aime) : « passer de l'autre côté du petit écran ». Mais oui, c'est un peu ça. Plus tard, un texto de Fred me dit en gros ceci : rendez-vous demain matin 7h30 à Roissy. Prévoir un passeport.

Bon Dieu, oui ! L'aventure, enfin !

5

Anne a tenu à nous accompagner à l'aéroport. Elle a l'air heureuse pour moi. Ça m'a ému. J'ai tellement été injuste avec elle, doutant de son empathie. Peut-être est-elle inaccessible aux méandres de la stratégie footballistique, mais pas à ceux de ma psychologie. Je me suis éloigné pour rejoindre le marchand de journaux et y acheter quelques kit-kat, à partager avec Fred pendant le voyage, en bons camarades. Je remarque qu'Anne et lui échangent quelques mots. Pas la peine d'être devin : elle le remercie de me sortir de mon trou.

Et le doute me revient : peut-être ne croit-elle pas une seconde à toute cette « affaire », et n'y voit-elle qu'une occasion pour moi de prendre l'air ? Ça pourrait finir par me déprimer, ces excès de précautions autour de moi. Mais c'est tout l'inverse : j'y puise la volonté de prouver au monde qu'il y a quelque chose à trouver, et que je trouverai. L'histoire de l'humanité est pleine de solitaires convaincus de détenir une parcelle de la vérité et qui finissent par le prouver. Je ne cite pas d'exemple, pour ne pas ajouter la mégalomanie à la liste de mes tares du moment.

Fred accueille mes kit-kat avec un peu trop de reconnaissance. Ça devient agaçant. Nous approchons de la zone d'embarquement, le moment de saluer Anne d'un bisou sur le front, et d'une ultime recommandation : bien penser à assister au match d'Antoine cette après-midi, car moi je n'y serai pas pour la première fois, ça risque de le désorienter. Anne me quitte en m'assurant qu'Antoine s'en sortira très bien sans elle, sans personne d'ailleurs. Et même bien mieux. Fred me tire par la manche avant que je ne coure la rattraper, pour lui demander des comptes sur cette dernière assertion maladroite. Et nous voila, Fred et moi, déjà en train de quitter nos chaussures et nos ceintures de pantalon. Le sort en est jeté.

Nous décollons. J'ai une pensée pour l'équipe de Manchester entièrement décimée ou presque dans un accident d'avion. Et, plus près de nous, pour l'équipe brésilienne de Chapecoense disparue dans les mêmes conditions avant d'aller jouer la finale de la Coupe sud-américaine… Je me demande ce qui se passerait si Fred et moi périssions en plein vol… Qu'adviendrait-il, dimanche prochain, sur le terrain de la Porte de Vincennes ? Une minute de silence ? Nos collègues joueraient-ils avec un brassard noir ? Je me console avec l'idée qu'ils garderaient de moi le souvenir de cette ultime talonnade de la mort qui désormais, j'en suis sûr, porterait mon nom. Sinon, que faut-il faire ?

On a percé la couche de nuages et retrouvé le soleil. Il y a une éternité que je n'ai pris l'avion. J'avais oublié ce sentiment étrange de flotter dans une autre couche de la réalité. Fred m'a ramené sur terre.

« Dis donc, j'ai bien réfléchi à ta théorie décliniste… il y a un gros trou dedans : le championnat d'Europe des nations en France, deux ans après Séville… Les Français le gagnent haut la main. Alors, ta psychose de la défaite ?

– Oui, c'est vrai. Mais l'antidote n'est pas aussi fort que le poison de Séville. C'est un peu une parenthèse heureuse, la queue de comète des années Platini, son chant du cygne. Une glorieuse exception. Mais, si tu t'en tiens strictement à l'historique de la Coupe du monde, tu vois que le poison lent agit. Deux ans plus tard, on rencontre de nouveau l'Allemagne en demi. Et on se fait bananer 2-0 avec un sentiment de fatalité encore plus fort. Alors O.K. la Coupe d'Europe 84, mais ça n'empêche pas plus d'une décennie noire pour l'équipe de France, toutes compétitions confondues. On a plongé. Jusqu'à toucher le fond de l'épisode bulgare. Et, en 1998, qui croit en l'équipe d'Aimé Jacquet, le petit prof de province avec ses lunettes et ses cahiers sous le bras ? Personne ! »

Fred fait mine d'abandonner. Mais je sens qu'il sera vigilant. C'est bien. J'ai besoin d'un chien de garde quand je suis en liberté sur le terrain de la rhétorique. Une fois éteint le signal de la ceinture attachée, il sort sa tablette. J'en étais encore à l'imagerie du grand reporter avec un calepin et le crayon sur l'oreille. Mais Fred a basculé lui-aussi dans le IIIe millénaire. Ses notes sont apparues sur l'écran. C'est parti pour un débriefing. Inutile de dire que je suis excité comme un pou. En grand professionnel, Fred balaie l'ensemble des objectifs : il nous faut rencontrer tous les protagonistes de Séville, recontextualiser chacun de nos interlocuteurs, confronter les points de vue, et le vécu de chacun. Une part de la vérité secrète de ce match nous sera alors peut-être livrée.

« Hidalgo d'abord ! C'est lui qui prend la décision la plus folle ! dis-je en démarrant au quart de tour.

– Michel Hidalgo n'est pas en très bonne santé, il est âgé maintenant, tu sais. Je me suis renseigné. Il fait un séjour à l'hôpital et devrait sortir bientôt. Il va falloir patienter.

– Platini, alors ! Lui, c'est un technicien du foot, il aura une opinion bien tranchée. Tu te rends compte ? Discuter avec Platoche !

– Ouais, je sais. Je l'ai déjà interviewé. (Là, Fred m'impressionne, respect !) J'ai passé quelques jours à le suivre, pour une série de papiers. Il est pas facile, il attend de voir ce que tu as dans le ventre. Au bout d'un moment, il se détend. Et tu peux avoir accès au vrai personnage. Le problème, c'est qu'après le scandale de la Fifa, il a disparu des radars. Personne ne sait où il est. Mais t'inquiètes, je vais le ferrer. Il se souviendra de moi.

– Schumacher, ça serait bien ! On pourrait commencer l'interview en lui filant un coup de boule dans la tronche. Un partout ! Je plaisante.

– Fais gaffe parce que le Harald est chatouilleux. Il a pas mal souffert lui aussi à l'époque. Mais il vient de sortir un bouquin, et par l'éditeur je vais pouvoir remonter la piste. »

Au passage je suis impressionné par la méthode journalistique de Fred que je découvre, rigoureuse. Heureusement, parce que, moi, c'est plutôt la technique du jeune chien fou. Qui a du bon, mais aussi ses limites.

J'enchaîne.

« Battiston, bien sûr…

– Sans doute le plus facile… Un garçon adorable. Mais là, comme je t'ai dit, on va commencer par l'arbitre du match, Charles Corver. Un Hollandais. Il doit avoir dans les quatre-vingts balais, mais j'ai eu une opportunité de rendez-vous par un contact à la fédération néerlandaise de foot. On atterrit à Amsterdam. On va pouvoir le voir… C'est curieux de commencer l'enquête par ce bout-là… Mais, tu sais, il faut saisir les occasions quand elles se présentent. C'est comme sur un terrain de foot… C'est à ça qu'on reconnaît les grands buteurs ! »

L'arbitre, oui. Quand Fred m'en a parlé au téléphone, une profonde bouffée m'est remontée à la gorge. Je ne suis pas de ces loups qui hurlent contre les arbitres – sauf quand mon fils est sur le terrain. Je pense qu'ils font partie des paramètres immaîtrisables comme le vent, l'état du terrain, la foudre, les nuages de sauterelles. Il faut accepter une mauvaise décision, comme une fatalité qui aurait pu tourner en notre faveur.

Je dis ça à froid. Mais, face à mon écran et le replay qui montre clairement une main dans la surface, je suis comme un fou. Ce fut le cas à Séville quand la terre entière a vu un monstre moustachu décoller de deux mètres et exploser en vol un frêle Français, sans prendre le moindre carton, ni qu'aucune faute ne soit sifflée. Tiens, rien que d'y repenser l'adrénaline du souvenir me remonte !

Pas mal de théories complotistes avaient alors circulé, s'étonnant qu'un arbitre hollandais (quasi teuton, vu de loin) soit choisi, alors que la France avait éliminé, en qualification, la Hollande du mondial. Le plus virulent était sans doute Marius Trésor, le défenseur emblématique. Pour lui, la FIFA a désigné cet arbitre car elle préférait l'Allemagne en finale, plutôt que la France, qui était à l'époque une petite nation du football. Mais surtout, il jure avoir vu l'arbitre de la rencontre rire avec la délégation allemande à l'issue du match… Voilà qui me fait déjà saliver. Je sens bien que je me présente sur le sol batave en justicier…

Dans le taxi, Fred reçoit un appel. Il répond en anglais. C'est pratique cette langue pour comprendre la majeure partie du globe. Les seuls qu'on ne comprenne pas, finalement, ce sont les Anglais. Donc je saisis quelques bribes de la conversation. Ça sent mauvais. Le contact de Fred à la fédération néerlandaise est au bout du fil, j'entends plusieurs fois le nom de notre arbitre. Mon sang ne fait qu'un tour. Fred raccroche. « C'est annulé », fait-il, laconique.

De ce qu'il a compris, Fred déduit que Charles Corver, a senti le coup fourré et ne souhaite plus nous voir. Il est vrai que Fred n'avait pas donné précisément le sujet de l'interview, il était resté flou en prétextant un portrait de l'octogénaire arbitral. Deux journalistes français ? L'autre a flairé l'entourloupe de Séville 82, dont il a dû déjà beaucoup eu à répondre, sa vie durant. Il estime sans doute qu'il y a prescription et qu'il a droit au repos éternel. C'est mal nous connaître.

Je ne cache pas mon abattement. Ça démarre mal, la tournée des justiciers. Je m'attends à ce que Fred demande au chauffeur un retour illico à l'aéroport, suivi d'un piteux rapatriement au Pays des droits de l'homme. Mais le journaliste chevronné que je découvre toujours plus en lui est déjà sur son portable. Il passe une série d'appels depuis la banquette arrière comme s'il était dans sa salle de rédaction. Ses interlocuteurs mystérieux affinent sa recherche. Je sens que même au fond d'une impasse, il ne lâche pas. Pour finir, il griffonne un mot sur un bout de papier en glissant à l'oreille du chauffeur : « Tchénngemennte of daïrekcheune. »

Le chauffeur acquiesce et garde le papier. « J'ai son adresse perso. On peut toujours essayer… » Lueur d'admiration dans mon regard. Fred l'apprécie et la minimise d'un : « C'est juste le boulot ! ». Nous voici donc survolant quelques ponts sur le réseau infini des canaux. Charles Corver habite le quartier historique d'Amsterdam. Au pire on aura fait un peu de tourisme. Le taxi nous dépose au 41 Goudssloew straat. À chaque bout de la rue, un canal. La maison est flamande, austère. Un interphone collectif sous l'entrée couverte, et parmi les noms : C. Corver.

Je ressens un léger vertige. Tout est allé trop vite. Il n'y a pas trois heures, nous embarquions à Roissy. Et nous voici au seuil de l'Histoire, une porte spatio-temporelle ouverte sur la demi-finale d'il y a trente-cinq ans, chez l'homme en noir dont le sifflet était resté muet à l'instant fatal. Du plat de la main sur la poitrine de Fred, je signifie que je veux prendre la responsabilité d'appuyer sur la sonnette. Comme un joueur décide que c'est lui qui va tirer le pénalty. J'inspire et je sonne. Trente secondes s'écoulent. Rien. J'essaie de nouveau, et encore. Silence. C'était trop beau. Par dépit j'appuie au hasard sur d'autres sonnettes. J'ai deux réponses, mais mon anglais international n'obtient qu'une fin de non-recevoir. Tout le monde raccroche. Échec.

Nous marchons sans échanger un mot, et instinctivement dirigeons nos pas vers un pub qui fait l'angle. On s'assoit face à face sur deux banquettes. La rue étant légèrement courbe, nous nous apercevons en même temps que la fenêtre offre une perspective inespérée sur le numéro 41. On se concerte à peine. Notre décision est prise : on va l'attendre. Et deux énormes pintes de bière vont nous aider à patienter.

S'ouvre alors l'une de ces périodes distendues qu'on ne connaît plus guère, sans borne clairement indiquée, et qu'on appelle l'attente. En jetant alternativement un coup d'œil par la fenêtre, nous choisissons de meubler cet espace-temps indéfini en papillonnant autour de notre thème favori. Nous l'abordons logiquement par l'évocation de l'Ajax d'Amsterdam, inventeur du football total « tout le monde attaque, tout le monde défend ». Dont, finalement, notre Battiston national était l'incarnation à son insu, défenseur parachuté attaquant.

Nous revient aussi le souvenir des glorieuses années néerlandaises, équipe flamboyante menée par le génial Johan Cruyff (prononcez « Crooyfff »). Les Bataves de ces années 70 avaient largement dominé le tournoi de deux coupes du monde, avant d'échouer inexplicablement deux fois en finale. Deux fois face au pays organisateur ! À la première, toute la planète foot espérait qu'ils corrigent chez elle la machine de guerre allemande, pataude et peu inspirée. Peine perdue. À la fin, comme toujours, le Germain l'emporte. La seconde fois, toute la planète politique espère que les Hollandais volants humilieront chez elle l'Argentine des dictateurs militaires. Encore raté. Le glaive de la Justice que le monde libre avait confié aux Néerlandais avait failli doublement.

Moi qui ne suis jamais à court d'anecdotes inutiles, j'ajoute à la Grande Histoire ma petite : l'équipe de Hollande est la seule au monde qui ait compté dans ses rangs deux paires de jumeaux : les frères Van de kerkhof (Willy et René) et les frères De Boer (Frank et Ronald). Cette anecdote est absolument dépourvue de sens, c'est pour ça que je l'aime particulièrement. Elle est parfaite pour meubler un temps d'attente interminable. À quel autre moment l'évoquer ?

Deux autres pintes et bientôt un vrai repas à base de saucisses ont suivi, sans que nous relâchions pour autant la surveillance du numéro 41. Tout naturellement nous avons enchaîné au café sur le thème de l'arbitrage vidéo. On avait chacun autant d'arguments pour que contre. Et comme une troisième tournée de pintes exigeait de nous des points de vue plus tranchés, de ceux qu'on appuie du poing sur la table, on a laissé tomber. Mais avant Fred a lâché son ultime argument : « Si l'arbitrage vidéo avait existé à Séville, Schumacher se prenait un carton rouge, et contre les Allemands réduits à dix ce n'était plus le même match ! »

On a choisi de nous remémorer nos souvenirs d'arbitrage. Fred a rappelé le commentateur télé Thierry Roland, insultant en direct l'arbitre d'un match de l'équipe de France, qui avait accordé un pénalty inique à nos adversaires : « Vous êtes un salaud ! » Et Fred de s'indigner de la confusion des genres. À ce moment je fais profil bas car, téléspectateur de ce match (évidemment j'ai vu TOUS les matches de l'équipe de France depuis que je suis en âge de comprendre le football), j'avais apprécié la saillie de Thierry Roland, qui à cet instant était un bon traducteur de ma pensée.

Aussi botté-je en touche, en rappelant que l'arbitre s'appelait (c'est cocasse) Monsieur Foot ! L'occasion pour moi de fourbir un sujet voisin celui des noms propres qui auréolent les joueurs. La rareté du platine dans Platini, Messi… souvent le sauveur du Barça, les deux Z à la Zorro de Zinedine Zidane… Fred abonde en citant a contrario Jean-Claude Lemoult, joueur du PSG des années 80, qui en raison de son patronyme n'a pas fait une carrière inoubliable… J'ai renchéri avec Fréderic Patouillard, joueur de l'Olympique lyonnais en 1996, qui ensuite est tombé de charybde en scylla jusqu'au niveau amateur (injustice patronymique !). Sur cette formidable lancée théorique, Fred a enchaîné avec le nom des stades : Parc des Princes, Maracana, Stadio de la Luz, qui brillent de mille feux… Pour conclure semblablement qu'il ne se passerait jamais rien de grandiose au stade du Roudourou à Guingamp…

Ceci pour dire que nous avons épuisé le fond du panier de la conversation, on ne pourrait pas descendre plus bas. La nuit tombe. À l'instant où l'éclairage public s'est mis en route, Fred aperçoit une silhouette solitaire se dirigeant vers le 41. En trente secondes, nous sommes dehors, laissant un gros billet et omettant d'emporter la note pour le remboursement des frais.

À cet instant, nous nous situons à égale distance du 41, la silhouette et nous. Le doute n'est pas permis, elle a la stature, l'âge de notre présumé arbitre. Nous avançons vers lui d'un pas vif, un quasi-trottinement. Ce n'est pas très naturel, et peut-être même menaçant. Notre homme s'est figé. Redoute-t-il une agression ? Ou alors, fait-il le lien entre ces deux hommes qui fondent sur lui et les journalistes français à ses trousses ? Il effectue un demi-tour et disparaît en un clin d'œil au coin de la rue.

De nouveau sans nous concerter, Fred et moi commençons à courir. Nous avons un bon entraînement à la discipline, et vu son âge il n'a aucune chance de nous échapper. Mais tout de même je me dis que c'est mal engagé pour une conversation badine. À l'angle de la rue, personne ! Il y a au moins trois solutions, trois rues ont potentiellement avalé notre homme. Je sens que Fred lâche progressivement l'idée. Sans doute lui aussi ressent-il que les conditions ne sont pas réunies pour une interview fructueuse. Il y voit une ligne rouge déontologique.

Quant à moi, je la franchis allègrement, n'étant journaliste que depuis quelques heures. Une bouffée d'indignation m'est remontée du tréfonds. L'ombre de Schumacher l'impuni s'est superposée à mon champ de vision et je fonce droit devant, à la poursuite d'un ballon imaginaire. Maintenant, l'indignation s'est muée en colère. Je crois que les trois pintes ingurgitées sont un facteur aggravant, ma lucidité n'est pas totale. Cependant mon regard s'est aiguisé et perce l'obscurité de la rue suivante. Mes pas résonnent, personne non plus par ici. Je longe un instant le canal dont les eaux sombres renvoient par intermittence l'éclat d'un réverbère. Ça ressemble à un cauchemar. Il va m'échapper !

Dans une troisième rue, une ombre s'agite. La sienne. Je pique un sprint, en hurlant « Monsieur ! », d'une voix rageuse qui ne va pas arranger la situation à l'amiable. Au passage, je trahis mon statut de Français et confirme ses soupçons sur nos intentions qu'il a estimées malveillantes. À cet instant, oui, les miennes le sont ! Je ne conçois pas qu'il puisse éviter le glaive de la Justice comme les colonels argentins de 1978, tout est confus dans mon esprit. Je suis proche de lui, je sens sa panique.

Il s'engage soudain au milieu de la chaussée pour faire des signes de bras. Une voiture de police s'arrête net. Deux flics néerlandais en sortent. L'homme en noir fonce vers eux, me désignant. Je ne sais dans quelle couche de réalité je me situe, mais je conçois alors les policiers comme des alliés qui vont me permettre de mettre la main sur le coupable. À mon tour je le montre du doigt, le souffle court : « *Arrest him ! He is the referee of the semi-final Germany-France ! Sevilla eighty two !! Arrest him !* »

6

La semaine a été mauvaise. Les gens qui travaillent ont l'occasion d'échapper aux tourments. Mais la culpabilité ne lâche pas le chômeur. La morosité qui s'est installée dans l'appartement me prive même de l'énergie nécessaire à une recherche active de boulot. Anne, dans son infinie mansuétude, a mis ça sur le compte de la déception d'un rendez-vous manqué. C'est ainsi que je lui ai résumé notre escapade au pays des tulipes. En omettant les détails qui l'auraient ennuyée peut-être. Moi, oui à coup sûr.

À quoi bon évoquer ce détour par ce qui doit être l'équivalent batave d'une cellule de dégrisement d'où Fred est venu me sortir au prix d'une amende et d'excuses publiques ? Pourquoi relater ce retour piteux à l'aéroport en compagnie d'un peut-être ex-ami fustigeant ma grotesque attitude de chasseur de nazi ? Mon amour-propre exigea d'être plus sibyllin.

Cette semaine a aussi été marquée par un épisode semblablement pénible qui s'est déroulé au bord du terrain d'entraînement de l'équipe d'Antoine. L'entraîneur est venu me « prier », je mets des guillemets mais la demande était plus forte que les précautions grammaticales ne le laissent entendre, me prier donc d'éviter désormais d'assister aux entraînements ainsi qu'aux matches officiels. Et ce jusqu'à nouvel ordre. Décision du club. En cause, le comportement « inapproprié » (*sic* !) que j'aurais eu à l'égard du personnel sportif et du corps arbitral. La contestation de ces deux instances, que j'ai cru bon de manifester lors du match de Villetaneuse, n'aurait pas été appréciée à sa juste valeur. Sa valeur pédagogique, j'entends. Seule la forme un peu rugueuse aura été retenue.

Bref, me voici interdit de stades, comme les joueurs addicts le sont des casinos. Une humiliation vis-à-vis de mon fils, auprès duquel je suis censé incarner une certaine droiture. Je suis désormais pestiféré. Et lui, fils de banni. Il m'a juste pris la main, et j'ai lu dans son regard toute la compassion dont il est capable. Non, il n'a pas honte de moi, et même il en est fier. Sa fidélité ne peut pas s'exprimer à un meilleur moment. Je la reçois au fond de mon trou, la main sur le cœur. Plus tard dans la semaine, j'ai cru comprendre que cette situation nouvelle n'était pas pour lui déplaire. J'ai même subodoré chez lui une forme de soulagement…

J'ai revu la demi-finale sur YouTube. Oui, je sais, ça peut paraître compulsif. Mais pas du tout, je l'ai vécue, cette fois avec l'œil de l'arbitre. Oui, j'étais l'arbitre. Cette fois par la puissance de l'esprit, j'ai voyagé dans le corps jeune du vieillard fébrile poursuivi dans les rues d'Amsterdam. C'est dire la plasticité de ma pensée. Alors fou, moi ? Je ricane. Mon verdict est simple : si l'on prend la totalité de la partie, rien de probant, rien de scandaleux qui autorise à ce qu'on envoie le ci-devant Charles Corver devant la cour pénale internationale. Certes, deci-delà une décision litigieuse, mais pas plus que dans un autre match. Il m'en coûte de l'avouer.

Quant à l'épisode fâcheux de la collision, chacun côté français s'est demandé comment l'arbitre avait pu ne pas voir la faute manifeste. Il a pu. Là aussi j'ai eu la révélation. Tout est affaire d'angle de vue. J'ai bien examiné la position de l'arbitre à l'instant crucial. Il était derrière, assez loin, mais disposant d'une bonne visibilité. Alors quoi ? Eh bien, la réponse m'est tombée dessus, avec la force de l'évidence. Cette fois tout était limpide. Battiston frappe le ballon et deux secondes plus tard s'emplafonne contre le gardien volant. Que se passe-t-il au cours de ces deux secondes ? Le regard de l'arbitre, comme celui de millions de téléspectateurs, quitte Battiston pour suivre la course du ballon et vérifier qu'il va franchir la ligne de but ou non. C'est ce qui nous focalise tous : y aura-t-il but ? Et personne, je dis bien personne, ne fait plus attention aux deux joueurs hors champ qui vont se percuter. Le ballon nous a aspirés hors de la scène du drame.

La caméra de télévision qui assure le direct aussi ! Elle zoome sur le cuir rebondissant qui va mourir sans franchir la ligne fatale. Et c'est normal, c'est là que se situe l'information brûlante. Ce qu'un réalisateur de direct traque : l'instantanéité ! Quelques instants plus tard, il faudra l'apport en replay d'une deuxième caméra postée derrière la cage pour constater plein cadre et de dos que l'envol de Schumacher est une agression pure et simple. Et notre indignation de s'enflammer face au scandale évident. Mais l'arbitre n'a tout simplement pas pu le mesurer, happé par le ballon. Ce qui était logique qu'il soit. Le voici absous. Paix à ses futures cendres !

C'est une terrible leçon d'humilité pour moi. Il y a peu encore je voulais plus ou moins pendre cet homme haut et court au nom d'une justice dont je m'étais attribué le titre d'exécuteur testamentaire. Moi qui abhorre les foules aveuglées des lynchages collectifs, voilà que l'espace d'un moment d'égarement, dans les rues historiques d'une ville qui a hébergé Anne Franck, j'étais l'un de ces vengeurs barbares transfigurés par la haine. Les pintes de bière n'étant même pas une circonstance atténuante.

Dimanche matin, je prends le chemin de la Porte de Vincennes. L'écho de ma découverte en chambre ne me quitte pas. Quelle folie, ce voyage septentrional quand il suffisait de visionner l'ordinateur domestique pour avoir la réponse aux mille questions. Quelle bêtise d'aller porter le fer dans la plaie d'un vieillard qui a sans doute, sa vie durant, porté ce match comme un fardeau. Celui d'être l'homme qui n'a pas vu le meurtre symbolique, n'a pas sanctionné le coupable, et a laissé sortir la victime agonisante sur une civière sans que les honneurs lui soient rendus… Cet homme avait-il un fils, au retour chez lui, 41 Goudssloew straat, pour lui tenir la main, lui dire qu'il n'avait pas honte, et même qu'il était fier de son papa ?

Dans le métro, le souvenir d'une autre scène de stade me fait écho. La même histoire de hors-champ. Une agression que personne n'a vue, pas plus les cent mille spectateurs présents dans l'enceinte que le milliard de téléspectateurs. Tous captés par le pouvoir magnétique du ballon à l'autre bout du terrain. Un homme envoie son crâne dans la poitrine d'un autre. Fait divers invraisemblable au cœur de l'arène la plus exposée au monde, qui pourtant n'aura eu aucun témoin direct ! Sauf un cadreur dont la mission était de rester constamment sur Zidane, pour un document historique ultérieur. Et qui aura le scoop du siècle. Autre basculement de l'histoire sur un détail : sans cette décision de placer une caméra sur le champion français, le forfait n'existait pas. Rien pour l'étayer. Materazzi pouvait continuer à pester dans le vide, Zidane restait sur la pelouse et peut-être la France l'emportait-elle au bout de la nuit.

Porte de Vincennes, mon match du dimanche, ma seule bouffée d'air, a commencé. On en revient assez vite aux fondamentaux. Aucune passe ne me parvient d'où que ce soit sur le terrain. Pestiféré ici aussi. Mais avec le poids de la culpabilité en plus. Cette pensée toxique que je l'aurais bien mérité. En outre, quelque chose m'agace : tout le monde joue sans même soupçonner que je suis rescapé d'une catastrophe aérienne potentielle, et qu'il faudrait peut-être se réjouir de ma survie. C'est toujours pareil avec la mort : quand elle survient, on se dit qu'on aurait dû profiter du défunt tant qu'il était en vie, on regrette. Or, là, je suis en vie, mais sans la catastrophe personne ne songe à profiter de moi. C'est sans issue. Autant dire qu'il n'a plus été question de ma phénoménale talonnade.

Une autre chose me chagrine : Fred n'est pas là. J'espérais plus ou moins une réconciliation. On ne s'est pas parlé de toute la semaine. Je suis enclin à penser que notre projet tombe à l'eau. Je le comprendrais. Comment travailler avec un collaborateur aussi instable que moi, gouverné par ses pulsions ? Je préférerais simplement qu'il me le confirme en face, les yeux dans les yeux. Plutôt que ce soit une raison de nous éviter, le sujet qui fâche, un cadavre dans le placard. Décidément, la mort aura plané sur cette semaine, noire à tous égards.

Jusqu'à ce que la silhouette un peu rondouillarde de Fred, attifée comme l'as de pique, ne se pointe à l'autre bout du terrain. Courant entre les flaques (oui, j'ai oublié : il pleut). Mon cœur ne fait qu'un bond. Au moins il n'évite pas le match à cause de moi. Il prend sa place de gardien dans notre équipe. Nous avons peu le loisir d'échanger, car je suis là-bas, confiné sur l'aile gauche, oublié de tous. Et traversé par toutes les spéculations.

Le match prend fin. Perdu, bien sûr. Mais aujourd'hui, je n'en ai cure. Nous voici tous rassemblés autour de l'arbre séculaire dont les branches portent nos habits civils. Fred ne se change pas. Je l'ai dit, il vient et repart dans la même tenue. Il faut dire qu'on sue peu dans les cages. Tandis que j'ôte mon short, il m'alpague. « Tiens, viens par ici, toi… » Ça ne me met pas en position de force pour le conflit qui s'annonce, car je m'éloigne du groupe en slip, sous une pluie fine. Je sens bien que je suis une proie facile. Vas-y, frappe.

« Je ne t'ai pas appelé, mais j'ai pas mal bossé cette semaine. Sans résultat malheureusement. Platini m'inquiète. Il est injoignable. Il ne répond pas au téléphone, ni aux mails. Et son entourage est muet sur l'endroit où il serait terré. J'ai l'impression que son bannissement de la FIFA a eu un effet plus ravageur que je ne le croyais… » Fred s'interrompt car il remarque un large sourire sur ma face. Je m'en fous de Platini, ça veut dire que l'enquête continue ! J'ai envie de le prendre dans mes bras et de l'embrasser. Mais en slip, à l'écart des autres, hors de question de laisser planer le moindre doute sur notre virilité. Au football, c'est mortel.

Fred propose de me déposer à la maison en voiture. Dans le miroir du pare-soleil, je vois mes cheveux trempés plaqués sur mon visage, et cet air hagard qui a dû m'habiter ces derniers temps. Fred ne pose pas de questions, n'évoque rien de notre débandade batave. La classe. Ze show must go on. Il est déjà concentré sur notre prochain objectif. Je l'aime. Il déroule rapidement : Platini introuvable, Hidalgo toujours à l'hôpital. Mais il a une touche : Schumacher. Je sursaute. Waouh ! « Carrément », dis-je ! Son éditeur français fait le forcing auprès de lui. Un papier dans le journal sur le livre serait bienvenu pour relancer des ventes un peu faiblardes (entre nous, qui en France pour acheter un livre du gardien maudit ?). Le bouquin est sorti en France sous le titre *Coup de sifflet*. Ce qui est un peu gonflé car, dans l'affaire qui nous occupe, il n'y en a pas eu le moindre.

Je suis sur le trottoir devant l'immeuble. Par la vitre entrouverte, je bredouille : « Je suis très honoré que tu… » Fred rigole et démarre. « Arrête tes conneries, je t'appelle dès que ça bouge. » Je prends l'ascenseur, je suis sur un petit nuage. Anne me voit entrer et sourit. « Ah ben ! Enfin ! T'as marqué, c'est ça ? » En entendant sa mère, Antoine fonce vers moi, me saute dans les bras : « Ouais, p'pa ! T'as marqué ! » Je ne sais pas si la larme que je n'ai pas su contenir s'est vue sur ma joue encore dégoulinante de mèches de cheveux. J'espère que non. C'est en tout cas de cette façon que j'ai replacé le couvercle sur la semaine de toutes les tristesses. Harald, je suis ton homme !

Cette fois, on voyage en TGV, deuxième classe. J'ai cru comprendre que les frais nous sont accordés au compte-goutte. Vraisemblablement, le journal de Fred ne mise pas sur notre enquête pour relancer les ventes. Loin de me décourager, ce genre d'argument me stimule. J'ai plus envie encore de prouver à cette rédaction dubitative la pertinence du sujet. De révéler aux lecteurs intellos du journal la dimension sociologique de l'événement, qui lui confère selon moi la stature d'un fait d'Histoire.

C'est d'ailleurs avec cette posture-là que je devrais enquêter plutôt qu'avec celle du justicier. Qui m'a valu les déboires que l'on sait. C'est pourtant très tentant de réitérer, car Schumacher est vraiment le *bad guy* de la story. Je me raccroche à la déclaration de Hitchcock qui s'y connaît en dramaturgie : « Meilleur est le méchant, meilleur est le récit ! » En ce cas nous tenons une vraie bonne histoire, car le nôtre est plutôt costaud dans sa catégorie.

Ce qui a ému le monde entier n'est pas seulement la sortie furieuse du taureau teuton, son désintérêt pour le ballon, et le désir affiché de s'en prendre directement à l'homme. Non, c'est son comportement par la suite.

Après ce sale coup, il ne va évidemment pas s'excuser ni prendre des nouvelles du simili-défunt. Il retourne dans sa cage, comme on le dirait d'un grizzly, le dos appuyé au poteau de but, il mâchouille son chewing-gum, jambes croisées et sourire aux lèvres, provoquant les spectateurs derrière lui. Il a posé le ballon pour procéder à l'engagement et semble s'agacer du temps que met l'autre invalide sur sa civière à sortir du terrain. À la fin du match, quand un journaliste viendra l'informer que Battiston y a laissé deux dents, notre Schumi répond cyniquement : « Si ce n'est que ça, je lui paierai deux couronnes. »

Sur notre banquette de TGV, en vis-à-vis, nous avons trois heures et quart devant nous avant l'arrivée du train à Cologne. Fred et moi confrontons le fruit de nos recherches. De mon côté, j'ai glané deux anecdotes savoureuses. Peu avant la demi-finale, Schumacher, et deux autres joueurs allemands, Littbarski et Klaus Fischer, sont dans l'ascenseur de l'hôtel pour rejoindre le bus. Soudain, l'ascenseur se bloque entre deux étages. La cabine est pleine de monde ; il y a notamment quelques femmes qui commencent à paniquer. L'attente se prolonge. À ce moment, Schumacher est à bout. Tel Hulk, il entre dans une rage folle et s'attaque aux deux parties de la porte de l'ascenseur qu'il tente d'écarter de force.

Tout finit par rentrer dans l'ordre, le bus a attendu les trois incarcérés. Mais Schumacher n'est pas concentré et il oublie son maillot dans le bus qui disparaît. C'est son maillot fétiche, le bleu ciel. Schumi ne décolère pas. On lui dégote un maillot de remplacement. Rouge et manches noires. Avec son short à bandes bleues, c'est n'importe quoi ! Pire : une fois sur le terrain, il s'aperçoit qu'Ettori le gardien français porte exactement le même maillot rouge à manches noires ! Le ridicule est à son comble. Schumacher est comme une grande dame qui lors d'une soirée mondaine constaterait qu'une autre femme porte exactement la même robe… L'incident diplomatique !

On le voit, j'ai la matière pour quelques questions de fond… Heureusement, Fred, toujours un cran au-dessus en termes de professionnalisme, a lu le livre. « C'est pas vraiment ça qui les a énervé, les joueurs allemands. Ils étaient tous bourrés d'éphédrine, une substance qui augmente l'agressivité. Schumacher lui-même le révèle dans son livre. Ce coming out a fait l'effet d'une bombe. Tu peux au moins lui reconnaître ce courage. Il a balancé l'histoire de dopage, et tout le monde en Allemagne lui est tombé dessus. Il a même révélé les problèmes d'alcool et de prostitution au sein de la sélection ! Banni pour ça de l'équipe nationale et de son club. On le retrouve égal à lui-même parlant aussi de la bundesliga, le championnat d'Allemagne, comme d' "un ramassis de fainéants". Il s'attaque enfin aux sommes d'argent – invraisemblables selon lui – qui circulent dans le football et corrompent l'esprit du sport. Ça t'étonne, hein ? »

Il est vrai que je ne voyais pas Schumacher en rebelle. Le personnage est sans doute plus complexe qu'il n'y paraît. Comme toujours quand on creuse une question. C'est en ça que les vraies enquêtes journalistiques sont pénibles. Il est tellement plus confortable de conserver ses a priori, ses certitudes rassurantes. À ce titre, j'admire beaucoup Battiston qui a accepté de rencontrer Schumacher et de lui serrer la main dans sa chambre d'hôpital. Le gardien allemand, menacé et insulté de toutes parts, avait besoin de cette reconnaissance. Aurais-je accepté, moi, tel que je me connais, tout confit de haines recuites dès qu'il s'agit de football ? Peut-être aurais-je dit oui, mais en ayant coincé un seau d'eau en haut de la porte, peu avant son entrée dans la chambre. C'est davantage mon style.

Au bout de deux heures de voyage, Fred sombre lentement dans le sommeil. J'en suis, moi, bien incapable, surexcité à la perspective d'être confronté à l'ogre des contes de fées. Je me focalise sur les vraies questions : a-t-il toujours cette moustache arrogante, et les cheveux longs et ondulés qui ont fait la gloire des années 70 ? Si on avait dit au spectateur outré que j'étais devant mon écran ce 8 juillet 82 : « Tu vas rencontrer ce type, tu vas pouvoir lui dire ce que tu penses… » Comment aurais-je réagi ? Le doux bercement du train autorise ce genre de pérégrinations mentales.

Une autre idée me vient. Je ne peux m'empêcher d'en faire part à Fred, séance tenante. Je le sors de son sommeil en lui secouant le bras gentiment. Au passage, je lui rends service, car il commençait à avoir la bouche ouverte… on n'était pas loin du filet de bave. « Hé, Fred ! Un truc sur lequel on pourrait lui demander son avis… Qu'est-ce que t'en penses ? » Et j'enchaîne sur la propension naturelle du football allemand à être briseur de rêves. Je n'invente rien. Dans les soixante dernières années, les joueurs teutons ont incarné méthodiquement les mauvais garçons, provoquant larmes et désespoir sur leur chemin.

« Écoute bien, Fred, c'est implacable ! » Il me répond, pâteux : « Avec le foot, toi, t'es toujours implacable… Tu ferais mieux de faire du rugby ! » Il ricane de sa blague. Je ne relève même pas.

« En 1954, les Hongrois du divin Pushkas survolent le tournoi – "le onze d'or" est invaincu depuis trente et un matches et affronte l'Allemagne en finale. Contre toute attente, la RFA l'emporte 3-2.

En 1974, les Hollandais du génial Cruyff épatent le monde entier, mais sont battus en finale par… les Allemands bien moins bons, là aussi à la surprise générale.

En 1976, qui vient priver les virevoltants verts de Saint-Étienne de la première coupe des clubs champions française ? Les Allemands du Bayern ! À cause, entre autre, d'une histoire de poteaux carrés, qui empêchent le ballon de pénétrer les filets munichois. J'ai pas besoin de te le rappeler.

En 1982, c'est "le match de la honte" : Autrichiens et Allemands s'entendent pour neutraliser la partie (après le but allemand, qui suffit à qualifier les deux équipes, ils se font des passes et ne tirent pas au but !), ce qui élimine la valeureuse équipe d'Algérie, 3e du groupe.

Je te passe le rêve brisé des bleus de Séville qui s'ensuivra quelques jours plus tard, dans les conditions que tu sais.

Un bond dans le temps : en 2014, l'Allemagne éteindra tous les espoirs de l'Algérie (encore), valeureuse équipe portant haut l'étendard du continent africain au terme de prolongations épiques.

Enfin, 2014 toujours, et ce sera leur chef-d'œuvre : ils plongeront toute la nation brésilienne dans une sorte d'affliction mortifiée en battant l'équipe des jaune, bleu et blanc paralysée, chez elle, lors de sa propre coupe du monde, alors que le futebol est une religion là-bas. En leur plantant non pas un ou deux buts… mais sept dans le cœur ! La plus profonde humiliation jamais infligée à un pays organisateur ! Elle est signée "la Mannschaft". Cerise sur le gâteau : l'Allemand Klose détrône le Brésilien Ronaldo au titre de meilleur buteur historique de la compétition. Et c'est la première fois qu'un pays sud-américain ne remporte pas la coupe sur son continent. La totale ! »

« Oui, je me souviens de tout ça… dit Fred qui a repris ses esprits. C'est pas trop grave quand les Allemands sont meilleurs. Et au Brésil ils étaient bien au-dessus du lot. Mais en 1954 contre la Hongrie, une enquête a révélé qu'ils étaient dopés ! Et sais-tu qu'avant "le match de la honte" dont tu parles, la RFA avait rencontré l'Algérie dans un match de poule. En conférence de presse d'avant-match, les joueurs allemands, arrogants après leurs huit matches de qualifications gagnés d'affilée, ont ridiculisé leurs adversaires : "Nous allons dédier le septième but qu'on va leur mettre à nos femmes et le huitième à nos chiens." Humour germanique, ça ne se discute pas. Selon un joueur algérien de l'époque (l'excellent Merzekane), l'un d'eux aurait ajouté qu'ils allaient jouer "le cigare à la bouche"… Comme les dieux du football n'aiment pas qu'on les bafoue, la RFA a perdu la rencontre 2-1… C'est pour ça qu'ils ont dû arranger le match suivant contre les Autrichiens… »

J'enchaîne : « Oui ! j'ai vu ce match contre l'Autriche ! Incroyable ! Il s'est joué à deux à l'heure ! Une parodie de non-football… Et, en plus, une caricature des rapports Nord-Sud: sur une pelouse bien tondue, les représentants de deux pays repus, quasiment en culotte de cuir et bock de bière à la main, se sont ligués pour éliminer les hérauts faméliques du peuple africain, couteau entre les dents… L'image renvoyée par l'Occident triomphant était tellement caricaturale ! »

Et Fred, de conclure en me clouant le bec : « Et tu sais qui parmi les Allemands a dénoncé le scandale de cette collusion avec les Autrichiens ? Schumacher, une fois de plus ! Hé oui, il ose tout ! Ça t'en bouche un coin ! »

L'interview est prévue demain à l'aube, au siège du FC Cologne dont Schumacher est le vice-président. Nous passons la nuit dans une sorte d'auberge de jeunesse, en proche banlieue. Une chambre pour deux, réservée par la comptabilité du journal, ce qui confirme le peu d'intérêt qu'elle place dans notre périple outre-Rhin. Ouais, eh bien attendez de voir, messieurs les comptables ! Fred prend le lit du bas, donc je grimpe jusqu'à celui du haut. Nous acceptons cette occasion de rester humbles, qui nous rappelle nos folles années de voyages étudiants.

Le repas dans la cafétéria nous met plus durement à l'épreuve. Nous sommes entourés d'une foule cosmopolite, ce qui n'est pas un problème, c'est plutôt la saucisse-purée qui teste notre résistance à la déprime. Nous choisissons ensuite d'aller marcher dans les rues de Cologne. À quelques détails près, on pourrait se croire en France, du côté de Strasbourg. Ce qui nous incite à aborder un thème, latent dans tous nos échanges : le chauvinisme. Est-ce que notre perception de la réalité serait altérée par cette emprise idéologique souterraine ? Alors, que dans tout autre domaine, nous bannissons allégrement d'un revers de main bien-pensant toute forme de nationalisme, il nous semble que, en matière de football, quelques relents enfouis remonteraient assez facilement à la surface. Comme si le foot était une soupape de l'innommable.

Fred soumet l'hypothèse que des esthètes tels que nous ne devraient se préoccuper que du beau jeu, d'où qu'il vienne. Au cours d'un match, nous gagnerions à ne prendre parti qu'après l'engagement, pour l'équipe qui se montre la plus vaillante, la plus inventive. Quitte à changer de favori au cours de la partie, au gré des évolutions. Reconnaissons que c'est un peu ce que nous faisons quand nous tombons par hasard sur un Sporting Portugal-Celtic de Glasgow, ou un Pologne-Danemark. Et admettons, dans le même temps, que notre électro-cardiogramme est assez plat.

Car d'accord, l'esthétique, la beauté du jeu... Mais ce qui fait la puissance inégalée du spectacle sportif, c'est précisément l'engagement, l'identification à l'une des deux équipes. À travers elle, c'est un peu de nous sur le terrain, en danger ou en pleine euphorie. La substance du spectacle n'est plus la même, le pouls monte à mille tours/minute. L'intensité du moment atteint son paroxysme, et ce qui y est vécu émotionnellement est incomparable !

S'il y a comparaison, c'est avec le cinéma. On peut être sensible à l'esthétique de l'image, la virtuosité de la mise en scène, mais s'il n'y a pas d'empathie avec les personnages qui nous représentent au cœur de l'histoire, on reste extérieurs. Les joueurs de football sont les acteurs des films sportifs. On les connaît, on les retrouve avec plaisir ; parfois ils nous déçoivent, mais la familiarité qui nous unit à eux est un lien puissant. Leur histoire est la nôtre. Dès lors comment ne pas vibrer ?

D'accord, répond Fred. Mais de là à en faire des emblèmes nationaux, des guerriers luttant pour notre identité… Il y a toujours quelque chose de suspect dans notre amour pour l'équipe de France. Certes, enchaîné-je (quelle conversation passionnante ! avec qui d'autre la tenir ?), mais, moi, je sais l'origine de mon attachement viscéral au maillot bleu : je viens d'une époque où l'équipe de France perdait tout le temps ! On n'était jamais parmi l'élite des phases finales… Des losers absolus. Voilà pourquoi je me suis identifié, comme on aime les canards boiteux… Je me suis battu avec eux jusqu'à ce qu'un jour de 1998 on se hisse sur le toit du monde. Ce jour-là, on pouvait exulter. Ce n'était pas du nationalisme, c'était l'amour de la Justice… Une fois de plus, je sens que j'ai assommé mon partenaire de ma mauvaise foi. Il rend les armes, et souhaite rentrer se coucher. Car, demain, Harald !

Fred a choisi le taxi pour nous véhiculer jusqu'au siège du FC Cologne. À nos frais (j'ai participé). Car l'enveloppe budgétaire ne l'avait pas prévu. Probablement la comptabilité avait-elle imaginé que nous aurions pris le bus. Le comptable n'est, par définition, pas sensible aux états d'âme du grand reporter. Il ignore qu'arriver sur le lieu d'une interview en autobus (avec un changement) ne le place pas en position de force, psychologiquement.

Alors qu'il doit aborder son interlocuteur avec un minimum d'estime de soi, pour ne pas subir un déséquilibre nuisible à la qualité de l'interview (autant expliquer cette notion à un guichetier de la Sécurité sociale).

Donc le taxi livre notre couple d'enquêteurs en temps et en heure et au bon endroit. C'est la gloire du métier de taxi. Cette ponctualité n'est pas inutile car je me souviens avoir lu quelque part que Schumacher avait renoncé à un transfert dans un club français, parce que ses dirigeants étaient en retard. La rigueur germanique est peut-être un cliché, mais il est toujours en vigueur. À l'heure pile, l'attachée de presse nous introduit dans la salle des trophées. Et nous informe qu'Harald a réclamé une traductrice afin que sa pensée ne soit pas dévoyée. Elle ajoute que, regrettablement, Harald n'aura qu'un petit quart d'heure à nous accorder. Nous serrons les fesses.

Nous voici seuls dans cette salle des trophées qui n'est pas trop garnie. Le seul orgueil du club rouge et blanc est finalement ce premier titre de champion d'Allemagne remporté lors de la première Bundesliga de l'histoire. Le Bayern de Munich emportant par la suite tous les autres titres peu ou prou. Dans des cadres clinquants, les portraits des stars du Fussball club : les champions du monde Overath et Podolski et, en bonne place, le joueur local le plus capé : Harald Schumacher, arborant moustaches. Nous sommes au cœur de l'empire du Mal.

Dans ma galerie personnelle des vrais méchants, Harald figure en bonne place, peut-être aux côtés de Materazzi. Qui l'emporte ? Je dirais presque l'ami Marco. Les deux font semblablement basculer une rencontre. Mais je reconnais à Schumacher de l'avoir fait en plein jour, aux yeux du monde, avec même une forme de panache dans la méchanceté. Puis assumant ensuite son rôle de tueur, sourire et chewing gum. Il faut lui concéder cette majesté.

À l'inverse, Materazzi a fait preuve d'une telle perversité que, à l'arrivée, c'est lui la victime ! Certes, il l'est, quoique le coup de boule ne l'ait pas envoyé sur une civière. Mais c'est bien lui qui est au sol, objet de toutes les compassions, et attentions de l'arbitre. C'est dans le chuchotement, la méchanceté rampante, qu'il a obtenu ce qu'il voulait : une percée tragique dans le ciel de cette finale, et dans la vie d'un dieu du ballon, finalement trop humain dans sa faiblesse et que l'autre tordu a su aspirer dans la fange avec lui. Quelle diabolique réussite ! Qui lui vaut, oui, c'est décidé, la première place à mon panthéon de l'indignité. Quand il marque le but égalisateur pour l'Italie, il pointe le doigt vers le ciel (au lieu des enfers, sa vraie patrie), découvrant à cette occasion les tatouages de son bras, qu'on eût pu dire sataniques.

Voilà que je me surprends à éprouver comme de la tendresse pour l'ami Schumi, à quelques secondes de le rencontrer. Je tente de me recentrer émotionnellement, ce n'est pas le moment de faiblir. Mais la question est posée : comment accueillir un homme que l'on a adoré détester ? Un ennemi intime. Avec de l'admiration, non, restons calme, mais pas non plus de la colère ou de la haine. Elles se sont apaisées. C'était pourtant mon carburant, la raison de ma visite. Alors, quoi ? Quand même pas la bise !

Harald fait son entrée sur ces considérations. Ma première réaction est de noter qu'il n'a plus de moustache. C'est un sexagénaire portant beau, costume croisé. Voilà qui rend encore plus difficile l'identification de feu le boucher. Mais je croyais quoi ? Qu'il allait arriver avec son maillot rouge et noir et ses gros gants antidérapants ? Nous nous saluons d'une cordiale poignée de main. Je mesure à quel point la bise sur les joues eût été déplacée. Je réalise également combien la proposition que j'avais initialement suggérée à Fred de lui filer d'entrée un coup de coude dans les dents (« un partout » avais-je fanfaronné) est injouable. Voilà résumé l'état d'esprit avec lequel j'aborde la rencontre… une totale confusion mentale.

Heureusement, Fred à mes côtés reste professionnel et évoque déjà quelques thèmes du livre, sur un ton plutôt complaisant à l'égard de son auteur. Je présume qu'il s'agit d'une technique pour rassurer la bête avant de porter l'estocade. Dans le même temps, je m'aperçois que nous ne nous sommes pas répartis les rôles, mon confrère et moi. Une sueur froide me parcourt l'échine : peut-être, dans son esprit, se charge-t-il d'attendrir notre interlocuteur et compte-t-il sur moi pour déployer l'artillerie. Il peut légitimement attendre de moi que je mitraille à tout va. N'ai-je pas toujours été le plus offensif des deux, flamberge au vent ! Sauf que, là, je suis tout bonnement cramponné à mon siège, mes ongles s'enfonçant dans la mousse. Soumis à présent à une sorte d'illusion d'optique, brouillée par la sueur qui provient de mes sourcils en déroute, je crois entrevoir l'ex-gardien de la Mannschaft se lever et fondre sur moi. À cet instant, je suis Battiston. Instinctivement je me protège la bouche. Je sais bien que c'est idiot, mais ma mutuelle n'indemnise pas les couronnes ou si peu. Schumacher proposera-t-il de lui-même une deuxième fois le remboursement ? Rien n'est moins sûr.

Autant dire que dix minutes se sont écoulées et que je n'ai rien écouté de la conversation. J'observe juste qu'un air de défi est apparu sur le visage de Schumacher. Je comprends que Fred, seul au front, a fini par aborder la question sévillane. Harald sourit maintenant, façon de dire : « C'est donc ça ! Vous allez encore me parler de la demi-finale... » D'un ton cassant Harald dit ce qu'il a souvent dû répéter : il ne regrette rien, si c'était à refaire ce serait pareil, il n'a pas eu l'intention de nuire, il n'est pas allé s'excuser ensuite, car il n'a pas commis de faute. L'exaspération monte quand il évoque les menaces de mort après le match, les sifflets sur tous les stades ensuite, y compris dans son propre pays... Et, surtout, ce slogan : sale nazi !

La traductrice essaie de suivre, mais je sens bien qu'elle arrondit les angles : Schumacher rappelle qu'il est né après la guerre, que nous les Français avons toujours eu un problème avec la défaite de 1940, qu'il faudra bien un jour arrêter de vouloir rejouer ce match-là. Là-dessus, il se lève, nous salue d'une inclinaison de la tête, nuque raide, à la Erich von Stroheim et quitte la pièce, la traductrice sur ses talons, qui tente d'y mettre les formes, avec un « Ravie de vous avoir rencontré. » qui sonne faux. Moi, je lève le doigt pour poser une question, tandis que la porte se referme bruyamment. Je réalise que je n'ai pas ouvert la bouche de tout l'entretien. Fantomatique, comme je le suis sur les terrains.

7

Cette nuit, je revisionne la 57e minute. Schumacher est de nouveau sorti de sa cage pour sauter bien haut et transformer Battiston en toupie humaine. Est-ce l'habitude ? Je trouve ça beaucoup moins violent. Certes, c'est au ralenti. Mais ça ne me choque presque plus. Je vois même Harald pivoter dans les airs comme s'il voulait éviter le choc frontal – ce qu'il affirme d'ailleurs avoir été sa volonté. Je suis enclin à le croire. Au quatrième visionnage, je trouve même Battiston un peu… chochotte. Ça va Patrick ! Y a pas mort d'homme ! Je me découvre impatient de le voir sortir du terrain (en tenant sa maman par la main, enfin, Platini…) pour que le match continue. Qu'est-ce qui m'arrive ?

Est-ce d'avoir été confronté au vrai Schumacher, devenu sexagénaire bon teint ? Toutes proportions gardées, il était sans doute également difficile de conserver toute sa haine pour Klaus Barbie, face au petit vieux qu'il était devenu dans le prétoire. Le boucher de Lyon n'affleurait plus sous le visage fripé du vieil homme cassé en deux. Boucher de Séville ou de Lyon, outre que la comparaison est inconvenante, ne pourrait-on pas laisser en paix les bouchers ? Je pense au boucher de la rue Labat dans le XVIIIe, qui respire la bonhomie, et que l'expression exaspère quand il la lit dans les journaux. C'est ce qu'il ma confié un jour, tristement. Au cœur de cette nouvelle nuit d'insomnie, je me fais cette réflexion assez pertinente : on parle de la guerre comme d'une boucherie, mais qui pour qualifier une bataille navale de poissonnerie ?

Bref, on le sent, je me ramollis. Prêt à toutes les concessions. Quelque chose en moi a cédé. Au point de ne plus rien comprendre à ce que nous sommes en train de chercher, en parcourant l'Europe. Ou alors… je ne le comprends que trop. Que nous ont apporté les visites contrastées à l'arbitre hollandais et au gardien allemand ? Rien. Sinon l'intuition que je n'allais pas y chercher la « vérité du match », comme je me le répétais pompeusement – mais autre chose, qui finalement m'anime sans cesse, de manière plus ou moins souterraine : la justice. Qui est l'autre nom, honorable, de la vengeance. Oui, je découvre cet aspect de moi-même avec lequel je négocie plus ou moins bien : je suis atrocement rancunier. Ces deux acteurs d'un théâtre d'ombres d'il y a trois décennies, je voulais leurs scalps.

La vérité est plutôt celle-ci : au football, j'ai dix ans d'âge mental. Un sale gamin. Voilà pourquoi tout y prend des proportions démesurées, tout me touche, me fait mal, et plus rarement m'exalte. Ce gamin teigneux caché en moi m'a tout simplement manipulé pour que j'aille gifler toutes les personnes qui lui ont fait du mal, fût-ce il y a trente ans, dans une lointaine ville d'Espagne. Il n'a rien oublié. Et Schumacher, à son corps défendant, incarne merveilleusement tous les méchants du monde à qui il faut faire rendre gorge.

Je suis consterné. Comment faire comprendre à cet enfant têtu en moi que ça ne marche pas comme ça, que c'est inutile ? Rien ne sera jamais réparé de cette façon, la quête est vaine et génère davantage de souffrances encore. Rétablir l'ordre à l'extérieur de soi est sans issue. Pas plus la défaite de Séville, pour moi, que celle de 1940, dans l'esprit de tout un peuple, ne peuvent être effacées. Charles Corver et Harald Schumacher, chacun à leur façon, me l'ont démontré. Il va falloir vivre avec, petit bonhomme !

La logique voudrait que s'achève ainsi cette enquête en peau de lapin, qui vire à la tournée des fantômes, les miens y compris. Mais, au petit matin de cette nuit douloureuse, je vois apparaître un autre petit bonhomme, si proche de l'autre, Antoine, mon fils ma bataille. Il mange ses céréales tout encore embrumé de sommeil, me dépose un baiser sur la joue suivi d'un clin d'œil puis part pour l'école avec son petit sac sur le dos. Une autre intuition me visite : il faut que l'enquête continue. Pour lui. J'ignore dans quelle mesure elle le concerne. Mais je ne doute pas que l'intuition soit bonne.

Ce soir il y a un match de l'équipe de France à la télé. Je regarde, évidemment. Combien de matches des bleus ai-je manqué, y compris amicaux depuis que je suis en âge de décider ? Aucun. Je suis même les matches de complaisance, les anciens de 98 contre le reste du monde, etc. Hors de question que je les laisse jouer seuls, quel que soit l'enjeu. J'héberge cette croyance que mon absence face à l'écran pourrait dérégler quelque chose. Et puis je ne suis pas de ceux qui abandonnent, ni les animaux, ni les enfants, ni les joueurs de l'équipe de France.

En revanche j'ai renoncé à cette idée communément admise que regarder un match en groupe serait « plus sympa ». Réunion d'amis à la maison, de collègues au boulot, écran géant dans la salle polyvalente, ou arrière-salle de bistrot… Bien sûr, j'ai pratiqué. Jusqu'à ce que je réalise que rien ne va dans cette formule. Moi qui ai besoin de concentration, je suis perturbé par tous ces mouvements parasites autour de l'écran, ces types qui amènent des bières ou vont en chercher, découpent des pizzas, parlent entre eux, parfois d'autres choses. Oui, voilà ce qui me sidère le plus : les autres ne sont pas attentifs. Ils décrochent vite et ne reviennent au match que lors des coups de chaud. Alors que la dramaturgie d'un match opère sur LA TOTALITÉ du temps de jeu, moments creux y compris. Je dirais même surtout ! Car l'attente, la frustration des phases mineures, accentuent le relief des temps forts. La tension s'y développe, lovée dans le ventre mou des matches, et explose à l'occasion des pics. Imagine-t-on baguenauder dans une salle de cinéma en s'apostrophant les uns les autres, et ne revenir à notre siège que pour les scènes d'action ?

Pour moi, un match ne PEUT PAS être ennuyeux. Puisque nous sommes dans une folle instantanéité. Ça se passe sous nos yeux ! Le réel est en mouvement et s'y invente. À chaque instant, un match prétendument morne peut basculer dans l'inouï. Et même si ce n'est pas le cas, si l'équipe de France joue mal, et que le match s'embourbe, le sentiment qui m'envahit alors n'est pas l'ennui, mais la mortification, la honte, la rage peut-être, l'accablement sans doute… Autant d'émotions qui me font perler la sueur au front et se crisper l'estomac. Alors l'ennui ? J'aimerais bien !

Comment faire comprendre ça à un buveur de bière qui est là « pour rigoler entre potes » ? Ajouter à cela enfin qu'ils sont souvent braillards à contretemps, et qu'on n'entend plus le son direct. Ça devient une bouillie inaudible. J'ai donc déserté les fan-zones et opéré un repli vers un bunker où je n'aurai plus à redouter les fâcheux : le canapé de mon salon. Ce n'est pas glorieux, c'est même le temple de la beauferie, le terme « assis » n'y ayant d'ailleurs pas cours, remplacé par celui de « vautré ». Pour y préserver un brin de dignité, j'en bannis la bière, les pizzas et autres accessoires convenus de la téléphagie, je maintiens le buste droit.

Sur le terrain, les entraîneurs hésitent entre plusieurs positionnement des joueurs : 4-4-2 ou 5-3-2-1. Moi, j'opte désormais pour le 1 tout court, dans l'axe. Rien de misanthrope là-dedans, ce sont les conditions minimales d'une nécessaire concentration. Reproche-t-on aux aiguilleurs du ciel, rivés sur les écrans de la tour de contrôle, de ne pas laisser entrer leurs amis, la famille, les animaux ? Considérez-moi comme un aiguilleur du football qui a besoin de disposer d'une visibilité totale et sereine du terrain.

Et puis il me faut – là aussi je me sens seul – une certaine théâtralité, un cérémonial. Je veux voir les joueurs dans le couloir des vestiaires, avant leur entrée. Je guette sur leurs visages les stigmates de la peur ou de l'extrême confiance. C'est déjà un indicateur. Je veux écouter les hymnes avec eux… sans aller jusqu'à chanter la main sur le cœur, car je ne suis pas très client d'abreuver nos sillons d'un sang impur. Je trouve ça un peu excessif. Mais cet alignement des joueurs, le regard vers l'horizon, me fait du bien. Je les sens soudés, une forme d'unité rédemptrice se forme entre eux comme en moi. Nous ne faisons plus qu'un sur mon canapé. Voici aussi pourquoi il n'y a plus de place pour les autres.

Il existe pourtant une personne, une seule au monde, que je tolère à mes côtés à ce moment. Non, ce n'est pas Anne, la lumière de mes jours. Bien sûr, elle peut venir, elle ne s'en prive pas. Je sais qu'avec son formidable sens du timing elle va passer devant l'écran pile au moment du coup franc ou du corner. Je mords mon poing. Inutile de polémiquer, je vais entendre une fois de plus qu'il ne s'agit « que de foot ». Parfois elle fait une simple apparition, avec l'air de s'intéresser : « C'est qui contre qui ? » (alors que les gros titres des journaux nous matraquent l'info depuis une semaine). Souvent je réponds quelque chose comme : « Bayern de Milan contre le Qatar. » Souvent elle hoche la tête d'un air entendu. Une fois, elle a même voulu regarder un match complet. En seconde mi-temps, au bout d'un quart d'heure d'incompréhension, il a fallu lui expliquer que les équipes avaient changé de côté.

Non, celui qui peut m'accompagner dans cette épreuve d'un match à la télé a six ans, et c'est Antoine. Je suis même super heureux de partager ce moment avec lui. A-t-il conscience de la phénoménale exception dont il bénéficie ? Non, mon fils pense que je suis normal. Ce garçon m'étonne. À son âge, les autres ne tiennent pas dix minutes. Lui reste concentré avec une fixité du regard qui au début m'inquiétait. Mais non, il était toujours vivant. Je sens chez lui une tension intérieure qui est peut-être mon héritage. Dois-je m'en réjouir ?

Pour autant, il est capable d'émotions (ouf !). Je me souviens l'avoir emmené voir une finale de la coupe de la ligue au stade de France. Le RC Lens, club de mon enfance, y défiait le PSG. Au moment de l'égalisation lensoise, il a éclaté en sanglots (oui, par un heureux hasard, il est aussi supporter de Lens). Je me souviens de notre retour en RER, Antoine dans le maillot sang et or que je lui avais offert, une tache au milieu de la marée rouge et bleu des Parisiens déchaînés. Pour lui aussi, l'apprentissage de la solitude.

Donc, mon Antoine grimpe sur le canapé à mes côtés. Ses pieds ne touchent même pas le sol. Et nous voici face à l'écran, lui et moi contre le monde entier. Le match commence. Il connaît les codes : pas un mot, puis quelques exclamations autorisées. Il voit mon pied qui part comme si j'étais sur le terrain (entre nous, j'y suis). Et au bout d'un moment, il me dit : « Ça va, papa ? T'as l'air bien cool aujourd'hui ! » Oui, c'est vrai ! Il a senti ça. Je m'interroge. Nous sommes devant un France-Colombie, je devrais être un minimum inquiet, mais non. La raison en est simple : c'est un match amical.

Attention ! Pour moi, aucun match n'est réellement amical. Il y a toujours un enjeu, ne serait-ce que l'Honneur. Mais j'avoue que le match amical ouvre devant moi un espace particulier. Il n'y aura aucune conséquence grave, pas d'élimination, ni de points perdus bêtement. Je vis le match dans du coton. Tout est atténué, les angles sont arrondis, les flèches émoussées... Un but adverse ne me transpercera pas autant le cœur, de part en part. C'est un temps de vie bienheureux, un bain amniotique. Parfois, je me prends à rêver que la vie ne soit qu'un long match amical... D'ailleurs, nous menons rapidement 2-0 sans efforts. Je flotte dans une délicieuse irresponsabilité. Antoine le sent, et c'est comme s'il me découvrait sous un jour nouveau.

À la première échographie, quand j'ai appris le sexe de cet enfant (« un garçon, monsieur »), j'ai éprouvé un bonheur violent. Ma première pensée a été : je vais pouvoir jouer au foot avec lui. À l'époque, imaginer le faire avec une petite fille était tellement plus aléatoire, nous parlons là des temps obscurantistes. Et la prophétie s'est réalisée, nous avons joué ensemble un nombre considérable de matches. Il m'arrive de maudire les dieux du football qui me rendent si malheureux mais, sur ce coup, je m'incline. Ce fut un cadeau du ciel.

Soudain, un coup de coude. Antoine me sort de ma rêverie, car on vient de prendre un troisième but ! On s'est fait remonter comme des bleus ! Le score en reste là, qui me rappelle l'inconstance des dieux du foot capables de me gâcher même un simple match amical.

Ce fils providentiel m'a ouvert le cœur. Avant lui, j'ignorais tout des enfants, ces êtres étranges, si différents de nous, les gens de taille normale. Communiquer avec eux était toujours une épreuve. Leur mode de fonctionnement relevait de l'énigme. Et puis Antoine a remis les deux équipes à égalité, avec sa bouille rigolarde et ses yeux comme des billes. Immédiatement, j'ai été connecté avec sa nature profonde – qui m'a renvoyé à la mienne, pourtant bien enfouie. Et pas seulement avec lui, mais avec tous les enfants du monde.

J'en veux pour preuve cette fameuse demi-finale de Belo Horizonte en 2014, et la gifle infligée par l'Allemagne au Brésil, 7-1. Dont 4 buts en à peine dix minutes. J'avoue que l'épisode m'avait d'abord amusé, par son côté hors norme et inattendu sur le terrain même des quintuples champions du monde auriverde… Et puis, à l'issue du quatrième but allemand d'affilée, la caméra a saisi un visage dans le public. C'était celui d'un enfant brésilien. Ses yeux ne témoignaient rien d'autre que de la stupeur. En endossant moi-même cette stupéfaction par l'effet d'une immédiate empathie, j'ai pris un coup de poignard dans le cœur. J'ai ressenti la détresse d'un petit Carioca venu fêter son équipe sans doute pour la première fois au stade – et comment il avait rêvé de ce moment des semaines durant, le billet en poche – frappé soudain d'une viscérale incompréhension. La suite du match a été une souffrance pour moi, qui était devenu son père, assis à ses côtés, muet d'impuissance.

Coup de fil de Fred. Comme chaque fois, il n'épilogue pas sur ma lamentable prestation d'intervieweur mutique en Allemagne. Je lui en sais gré. Je n'ai pas besoin qu'on m'accable, je le fais très bien tout seul. La bonne surprise est qu'il semble toujours porter un intérêt à cette enquête, qui de mon point de vue, ressemble à une enfilade d'impasses. Sentiment que je me garde bien de lui communiquer. Il m'affirme avoir poursuivi sa série de coups de fil et mails de recherche. Et il est assez inquiet pour Platini. Aucun des contacts que Fred possède dans l'entourage de l'ex-numéro 10 n'a de nouvelles de lui. Au-delà de ce témoignage précieux qui manquerait à notre enquête, il redoute que l'homme ne soit vraiment atteint par son éviction de la FIFA, suivie du scandale des Panama papers, où son nom apparaît comme celui d'un évadé fiscal. Il ajoute ces mots lugubres : « Il n'a pas le tempérament suicidaire, mais connaît-on jamais vraiment les hommes ? »

Il a de meilleures nouvelles de Michel Hidalgo, sorti de l'hôpital. Je frétille, Hidalgo est au cœur de notre toile d'araignée, l'ami Michel, à qui j'ai hâte de poser la question ultime : Qu'est-ce que t'as foutu à la 50e minute ? (dans mes projections mentales, je le tutoie). Fred me coupe d'emblée. Hidalgo est convalescent et ne peut toujours pas nous recevoir. Je ronge mon frein. « Mais j'ai un gros poisson », enchaîne-t-il en ménageant ses effets. « Tu sais que je suis originaire de Tours, et là-bas vit Jean-Luc Ettori, le gardien de 82… J'ai pu le voir assez facilement et par lui avoir un contact plus amical avec… Patrick Battiston ! » J'exulte. Patrick ! Notre héros maudit ! « Et j'ai un rendez-vous. Il habite Bordeaux. T'es partant ? »

Tu parles, partant… ? Je suis en bas de chez moi trois quarts d'heure avant l'arrivée de Fred, ce vendredi matin. Oui, curieusement il m'a annoncé qu'on partirait en voiture, c'était plus simple, il m'expliquerait. Une bonne demi-heure après l'heure convenue, à 8h47, je vois sa Mégane Renault familiale se pointer au bout de ma rue.

Quand je précise « familiale » pour la Mégane, ce n'est pas une clause de style. À ma grande surprise, je constate que le siège avant est occupé par Mariella, sa femme, et la banquette arrière par Anouk, huit ans, et Coline, à peine trois, sanglée dans son siège bébé.

À peine garé, Fred saute hors de la voiture, me prend par les épaules un peu à l'écart. Alors, voilà, la belle-famille de Fred vit à Bordeaux, c'était l'occasion de, enfin, ça fait quand même moins cher, d'autant que la compta a rechigné pour ce troisième déplacement, donc la bagnole, en cinq heures on y est, on dépose les mômes chez les beaux-parents, tout le monde est content, d'une pierre deux coups, tu comprends ?

La voiture a démarré. Je suis assis entre les deux enfants, mon sac sur les genoux, on a déplacé le sachet de couches culottes (la petite dernière n'est toujours pas propre) sur la plage arrière. Ce que je comprends surtout, c'est que notre aventure prend un tour de moins en moins professionnel : je me demande si Fred y croit encore lui-même. Et la comptabilité du journal qui ne suit plus… Je marine en plein doute sur la banquette arrière tandis que Coline me tape du poing sur l'épaule à répétition, voire du pied quand elle le peut, et qu'Anouk tente de m'impliquer dans son jeu vidéo sur tablette où il est question d'échapper à des policiers dans une ville américaine. Au passage, je constate qu'Anouk n'hésite pas à extraire brutalement un type de sa voiture pour prendre sa place et filer vers l'autoroute. J'en ai des sueurs froides pour elle.

Fred n'est pas idiot, il devine le flot de questions qui me traverse. Il tente de me montrer qu'il est toujours bien concerné, et s'adresse à moi en tentant de surmonter le niveau sonore de Radio Nostalgie et son répertoire seventies (présentement Mike Brant, « rien qu'une larme dans tes yeux »). Il revient sur le thème battistonien. Le temps d'une seconde, je nous imagine arriver en Mégane familiale femme et enfants, au rendez-vous avec l'homme qui a fait la une de tous les journaux de l'époque. Mon angoisse redouble. « Quand je parle autour de moi de ta théorie, dit Fred – hurle Fred –, les gars me disent, ben oui, mais des arrières qui marquent des buts, on en voit tout le temps. C'est vrai, si tu prends que la coupe 98, c'est Laurent Blanc défenseur central, qui vient nous libérer contre le Paraguay en prolongation, et en demi, t'as quand même Thuram, arrière latéral qui marque deux fois dans le même match et nous envoie en finale… »

Quand Fred a fini de poser sa question, je vois Mariella qui lui jette un regard mi-interloqué mi-navré. Je devine qu'elle ne fait pas non plus partie de cette nouvelle génération de femmes devenue très pointue sur les questions de football et qui renvoie à l'âge de pierre les frustes hordes de supporters mâles. La question de Fred a pratiquement le même effet sur moi que sur elle. Je sens qu'il n'est pas sur le coup. C'est la question typique du néophyte qui n'a rien saisi de l'enjeu. Je ne peux pas croire qu'il en soit là, en marcel sur le siège avant, me lançant un œil amusé dans le rétro, façon de dire : « Ah ! Hein ? Tu n'y avais pas pensé à celle-là ? »

Je grimace un sourire en retour. Je n'ai pas l'énergie de répondre. Rien ne se prête à un débat théorique dans cet habitacle, ni l'assistance, ni mon contradicteur, plus attentif aux panneaux d'autoroute, ni moi-même qui suis à deux doigts de la déliquescence entre un siège bébé éruptif et un jeu vidéo entré dans le dur du mitraillage à tout va. Je lâche. Et pourtant, la réponse est simple : ça n'a rien à voir ! Laurent Blanc et Lilian Thuram à ce moment de leurs matches sentent qu'il faut apporter le surnombre devant parce que l'équipe n'y arrive pas. Ils sont dans le dépassement de fonction, délibéré. Ils quittent donc leurs postes arrières un instant et montent à l'assaut. Et marquent ! Bravo ! De même les arrières centraux qui montent pour jouer le corner, c'est habituel, mais ensuite ils regagnent vite fait leur place en défense. D'abord, à cette époque, les arrières ne franchissaient jamais la ligne centrale, ils n'étaient pas ces « pistons » qui viendraient au XXIe siècle supplanter les ailiers. Plus précisément, dans le cas qui nous occupe, il s'agit d'un arrière latéral (l'ami Patrick) qui entre en jeu à un poste qui n'est pas le sien ; il remplace un quasi-attaquant et on lui demande d'agir comme tel face au but. Le mécanicien en soute ne vient pas filer un coup de main sur le pont, on lui a confié le gouvernail !

Ma métaphore maritime ne convaincra personne, j'en prends tristement conscience alors que la Mégane quitte l'autoroute pour une aire de repos. Je devine, à la soudaine agitation qui règne à bord, qu'on va attaquer la phase pique-nique du voyage. Je constate avec une certaine admiration que l'efficacité du couple est maximale. Tout est prévu de la glacière au tire-bouchon, et en un clin d'œil chacun est assis sur les bancs fixés à la table en bois. On a même prévu un sandwich pour moi, j'en suis ému, de même qu'un accès à la salade haricots vertsœufs durs. Anouk chipote sur les haricots verts et me les refile discrétos. Je dois me pincer pour me rappeler ce qui, théoriquement, est en cours : nous sommes en reportage.

C'est en toute fin de journée, après moult arrêts-pipi, que notre équipage parvient aux abords de la lointaine Bordeaux. Je suis épuisé. Heureusement, le rendez-vous est fixé au lendemain. En bon père de famille, Fred avait prévu que rien ne serait possible après un voyage en compagnie d'enfants en bas âge. Les beaux-parents sont adorables, on lit sur leurs visages le bonheur d'accueillir les petits-enfants. Fred, qui ne sait pas trop comment me présenter, utilise le mot « collègue », qui re-professionnalise notre virée, bien vu.

J'ai senti que les beaux-parents n'avaient pas tout à fait prévu que je passe la nuit chez eux (moi non plus d'ailleurs), mais en deux mouvements ils ont réglé l'affaire : je dormirai avec les enfants sur un lit de camp. « Par-fait ! », dis-je hypocritement. Après un repas comme seuls des grands-parents peuvent les préparer (gratin de nouilles), me voici au lit, de camp. Coline dort déjà, son énorme paquet de couches-culottes pas loin. Anouk poursuit en cachette son jeu vidéo, en me sommant, le doigt sur la bouche, de ne pas la dénoncer.

Les yeux grands ouverts sur le plafond, je tente de me préparer à la confrontation du lendemain. Les conditions ne sont pas idéales pour rassembler mes forces ; dans cette chambre avec des posters de chanteurs au mur, j'ai huit ans moi aussi. Demain, Patrick Battiston, dont le sort avait ému la planète, sera face à moi. Il va falloir grandir.

Porte-t-il encore une minerve ? Je me souviens que sur les photos officielles de Saint-Étienne, son équipe d'alors, il en portait une sous son maillot vert. L'effet était assez glaçant. Battiston est sorti de l'hôpital le lendemain du match avec deux dents cassées, mais aussi un gros trou de mémoire. Des examens complémentaires en France révéleront qu'il souffrait d'un lourd traumatisme crânien et surtout d'une fissure à la deuxième vertèbre cervicale.

Sans m'en apercevoir, je sombre sans délai dans un rêve dérangeant : Battiston quitte le terrain le corps entièrement paralysé pris dans une gangue de plâtre dont seule émerge la tête. Il m'intime du regard l'ordre de le remplacer sur le terrain. Je rejoins les dix huit mètres où Schumacher mâche son chewing-gum en ricanant. Quand il me voit, le gardien allemand s'approche de moi et émet l'hypothèse que ma mère soit une prostituée. Il a bien mérité le coup de boule que je lui assène, pile sur le blason teuton dont l'aigle noir à cet instant s'envole en couinant.

Gare de Bordeaux, parvis des arrivées. Le rendez-vous y a été fixé à 10h30. Nous sommes venus jusqu'ici en tramway. Économies désormais obligent. Le signe de reconnaissance pour notre interlocuteur est l'édition du jour de l'Équipe, que nous tenons ostensiblement à la main. Nous voilà bien ridicules tous les deux, raides comme des piquets, comme à un rendez-vous amoureux. Je m'aperçois que je suis de plus en plus ému de rencontrer la victime de Séville, l'homme pour qui les cœurs sensibles du monde entier ont battu à la 57e minute. Nous ne rencontrons pas un ancien joueur, mais une sorte de héros mythique tombé au combat contre l'hydre germanique à onze têtes, dont au moins une de mule.

Tous les souvenirs remontent. Le poste de télévision était en noir et blanc. Je ne vois plus clairement qui était autour de moi à l'époque, j'étais en apesanteur, quelque part dans des limbes inconnues où l'équipe de France n'allait jamais : une demi-finale de Coupe du monde. Tous mes sens étaient en éveil, il allait se passer quelque chose, c'était suffocant. Je courais avec Battiston vers un destin glorieux, je me souviens de sa course gracile, celle d'un oiseau qui volète, fragile. Quand nous avons été percutés. Les portes d'un sanctuaire ont volé en éclat, la violence a pulvérisé la grâce. J'étais sonné. Moi aussi, j'ai dû perdre conscience, je n'ai que la sensation d'une colère sourde au réveil.

S'éloignaient déjà sur une civière les restes fumants d'une sorte de virginité, l'idée en miettes d'un sport fraternel où la beauté vulnérable est protégée par des anges portant sifflets et petits drapeaux à damier. Et l'homme qui avait incarné jusque dans sa chair la justice bafouée, le triomphe de l'iniquité, allait se présenter à nous comme un sphinx toujours renaissant. On comprend mon émotion.

Il se gare en double file, et nous fait signe de monter à bord de sa 406 de couleur bordeaux. Fred prend le siège passager avant, je grimpe sur la banquette arrière. J'ai dans ma ligne de mire le crâne de Patrick Battiston, que les cheveux ont commencé à fuir, mais sans affolement. De là où je suis, j'ai une vue imprenable sur sa deuxième vertèbre cervicale. C'est assez troublant. Sa voix me parvient, qui s'adresse plus à Fred, à ses côtés. Elle est douce et posée. Quelques mots d'accueil aimables et il redémarre. Le voyage dans le temps commence.

« Je vous avoue que je n'étais pas chaud pour reparler de cette histoire, mais Jean-Luc (Ettori) a insisté… Je n'ai pas trop compris votre "enquête"… Y a pas eu meurtre quand même… (il sourit). Et puis, là, ça m'arrange pas parce que je travaille… Mais j'ai pensé que ça allait peut-être mieux vous faire comprendre quelque chose… Je vous emmène, si vous voulez bien ! »

Patrick Battiston travaille ? Première nouvelle. Il y a donc une vie après le football ! J'imaginais confusément qu'il vivait au pays des statues légendaires, n'ayant plus qu'à être celui qu'il fut dans notre souvenir, à tout jamais, et rémunéré à vie pour cela. Ça me semblait juste. En laissant mon regard baguenauder sur la banquette arrière, je découvre un paquet de dossiers publicitaires, sur du papier glacé cartonné. J'ose en rapprocher un du bout du doigt. « Jacuzzi 2000, le plaisir du bain massant chez vous. » Une hypothèse folle me vient : Patrick Battiston est représentant en jacuzzis ! Je la repousse instantanément, non qu'elle soit infamante, mais je peine à admettre qu'un héros de mon enfance, ayant foulé les pelouses les plus prestigieuses, puisse vendre des bains massant à domicile.

Patrick s'est garé devant un genre de pavillon dans la proche banlieue de Bordeaux. Pendant le voyage, il nous a fait parler de notre métier, a échangé quelques considérations sur le journalisme. Au bout de dix minutes c'était notre ami, nous l'appelions Patrick, ce type était la bonté et l'humilité mêmes. Aux antipodes de la raideur réfrigérante de Schumacher (que nous n'avons pas appelé Harald). Les deux étaient conformes à leurs caricatures. Parfois, les clichés sur les hommes s'inversent au cours d'une rencontre, là, ils se confirment. Patrick porte un costume gris anthracite très élégant, une pochette sous le bras, il a belle allure et quelque chose d'encore enfantin sur le visage. Nous le suivons dans l'allée du pavillon tandis qu'un chien éructant accourt à notre rencontre, aussitôt rabroué par le propriétaire des lieux. Ce dernier, en survêtement du samedi matin, vient à la rencontre de Patrick avec une déférence manifeste.

À peine la porte de la maison refermée sur nous, le maître des lieux saisit la main de Patrick pour la secouer vigoureusement et, les yeux dans les yeux, l'assurer de sa totale solidarité, de son indignation. « Et même pas un carton rouge ! » Il tend les paumes d'incompréhension. Patrick élude assez rapidement et nous présente comme des journalistes qui le suivent. Le propriétaire nous serre la main à notre tour, sans s'étonner le moins du monde de notre présence. C'est quand même Patrick Battiston de Séville qui est chez lui, l'événement est d'importance.

Nous sommes assis autour de la table du salon, et Patrick a étalé ses dossiers sur la table. Il parle puissance du jet, raccordement de tuyaux, réglages de température… Notre hôte l'écoute à peine, et en même temps ne le quitte pas des yeux. Par la porte du salon entre un adolescent, trop grand, trop maigre. « Ha, je vous présente mon fils… (et à son fils) Raphaël, c'est monsieur Battiston… Tu sais, je t'en ai parlé… » Le fils serre la main de Patrick avec une retenue qui est peut-être de l'indifférence… En tout cas, le futur possesseur d'un jacuzzi 2000, lui, ne masque pas sa fierté.

L'affaire est rondement menée, les papiers sont signés. Nous sommes sur le pas de la porte, l'homme nous raccompagne, suivi du chien qui vient mordiller le bas du pantalon de Patrick et se prend un coup de pied réprobateur de la part du maître. Qui saisit ensuite la main de Patrick pour lui confier : « On n'aurait jamais dû perdre ! Si vous étiez resté sur la pelouse, on gagnait… Sûr ! » Il a un moment d'émotion, ravale ses larmes et ajoute, tandis que nous marchons vers la voiture : « Putain, les Allemands ! » Il brandit un poing serré.

Nous sommes dans la voiture de Patrick, dans la même composition, moi arrière latéral gauche. « O.K., vous avez vu ? Et c'est partout pareil… J'ai aucun effort à faire… Regardez mon carnet de rendez-vous… Je suis pas sûr que tous ces gens aient besoin d'un jacuzzi… (il soupire). Vous allez me dire, ça m'arrange bien… Oui et non… J'aimerais bien un jour sortir de ça et qu'on arrête avec cette demi-finale… Je n'ai pas fait que ça dans ma vie, je ne suis pas le type qui s'est pris un coup dans la tronche et que tout le monde veut consoler ! Ça n'arrête pas… Ça va bientôt faire quarante ans, les gars ! Au supermarché, partout, les gens m'arrêtent, et ils prennent des mines tragiques… L'autre jour, au marché, un commerçant que je connais bien pourtant, hein ! il me dit : "Au fait, Patrick, bon anniversaire ! On est le 8 juillet aujourd'hui, non ?" Tu crois ça, toi ? Le 8 juillet, jour de la demi-finale, mon anniversaire …! »

Tout à notre conversation, Patrick ne remarque pas le feu passé au rouge. Le flic posté en face lui intime l'ordre de se garer. Nous sommes un peu gênés, Fred et moi, notre ami va se prendre une amende à cause de nous, plus quatre points de retrait sur le permis. Le permis de conduire que Patrick tend déjà par la vitre ouverte au policier. Évidemment, à la lecture du nom du titulaire, le ton change : « Je suis désolé, monsieur Battiston… Je ne pouvais pas savoir… Vous avez assez souffert comme ça… Je ne vais pas vous en imposer plus… » Il salue de la main, stoppe le flot de voitures pour que nous puissions reprendre la route. Patrick nous adresse un sourire fatigué.

La maison des Battiston. Moderne, bon goût, rien de tapageur. Mais aucune coupe sur la cheminée, aucune photo du passé de footballeur. On pourrait être chez n'importe qui. Je ne sais plus comment ça s'est passé ; peut-être est-ce le fameux bordeaux que Patrick nous a versé en apéritif… Toujours est-il que nous nous sommes retrouvés tous les trois dans un somptueux jacuzzi, Patrick assis au centre, nous lui faisant face. Notre hôte nous avait prêté un short de football. Et deux peignoirs aux couleurs des Girondins, son dernier club, nous attendraient à notre sortie des eaux tumultueuses.

Au milieu du bouillonnement, Patrick nous a dénombré les avantages du modèle dont nous profitions. Et notamment les diverses vitesses d'expulsion des jets, la possibilité de les diriger grâce à un petit tableau de bord intégré. Fred et moi, peu coutumiers de l'exercice, avons rapidement attrapé le teint d'écrevisses et la sueur au front. Patrick, que ça amuse, baisse aussitôt la température. Je sens que c'est à moi d'intervenir. Cette intimité autorise toutes les audaces.

– Patrick, au moment où vous recevez la balle, vous

êtes le joueur français le plus avancé… Pratiquement un attaquant de pointe !

– Oui, c'est vrai… Platini est presque le long de la ligne de touche à droite, moi, je suis au centre, dans le camp allemand. On s'entendait bien avec Michel, on a joué longtemps à Saint-Étienne, partagé les mêmes chambres… Sa spécialité, c'était quand même les longues ouvertures… Alors je tente l'appel en déclenchant ma course, au cas où il me verrait… Il me voit ! Le ballon m'arrive juste dans l'axe, parfait ! Je fonce. La suite, vous la connaissez…

– Mais vous ne regardez pas devant, vous ne voyez pas Schumacher arriver ?

– Non, mais je le sens… Une masse quelque part devant…

– À votre avis, est-ce qu'un avant-centre de métier aurait anticipé la sortie du gardien pour l'éviter ?

(Il réfléchit.)

– Peut-être… Mais, moi, je suis un gros bourrin… (Rires.)

– C'est pas ce que je veux dire, Patrick, mais ce n'est pas votre poste…

– J'ai peut-être manqué d'expérience sur ce coup…

– Parce que vous êtes arrière latéral, non ? Qu'est-ce que vous faisiez là ?

(Je frémis car c'est toute ma théorie que je viens de lâcher d'un coup, et l'homme qui connaît toutes les circonstances et peut la valider ou non est face à moi.)

– Avant le match, dans les vestiaires, Bernard (Genghini) me dit qu'il a mal au mollet… Hidalgo me prévient : « Tiens-toi prêt si nécessaire… »

– Ça vous a surpris ?

– Oui, je lui ai dit, coach, mais moi je suis défenseur…

– Vous n'aviez jamais joué à ce poste de milieu offensif ?

– Non, jamais…

– Alors pourquoi ? Qu'est-ce qui se passe dans la tête d'Hidalgo ?

– Ah ça, il faudrait aller lui demander… Non, je crois qu'il me trouvait complémentaire de Platini, et là-dessus il a eu raison… C'est Michel qui me fait la dernière passe…

– Mais de là à faire entrer un défenseur à ce poste, et à ce moment d'une demi-finale…

– Mais c'est à cause du règlement ! À l'époque, l'entraîneur devait fournir une feuille de match avec seize noms maximum… Depuis, ça a changé, grâce à Hidalgo d'ailleurs, qui a obtenu par la suite qu'on puisse donner une liste de vingt-deux… Ce jour-là, il n'avait pas de milieu de terrain remplaçant sur la liste…

(J'accuse le coup à l'énoncé d'une explication si longtemps attendue… Une bête histoire de règlement… Tout de même, quelque chose cloche ; je me promets d'y revenir plus tard. Car Patrick est lancé.)

– Je me sentais bien ce jour-là… Déjà, à l'échauffement, j'avais des sensations… Vous le sentez tout de suite ça, si vous êtes dans un bon jour… D'ailleurs, à peine entré, je m'aperçois que je réussis tout ce que je tente… Sauf le but, oui, d'accord… On a beaucoup écrit de choses sur ce match, mais je crois pas que c'est à cause de ça qu'on a perdu… Le match, on l'a perdu dans les prolongations, quand on n'a pas su tenir les deux buts d'avance… Le football champagne, c'est bien, mais à un moment il faut savoir tenir un résultat… On a été naïfs… C'est la première fois qu'on allait si loin… Les Allemands eux ils ont été plus roublards…

– Mais quand même ! Quand on vous remplace, vous n'avez joué que sept minutes et l'équipe de France n'a plus droit à un joueur suppléant, et il reste plus de soixante-dix minutes à jouer ! Les Allemands, eux, ont encore leurs deux possibilités de remplacement… Il y a un déséquilibre !

– Oui, c'est vrai… Ils font entrer Rummenigge en fin de match…

– Et il marque aussitôt !

– … Mais on n'a pas su défendre… C'était pas notre jeu…

– Vous savez que cette défaite injuste a provoqué un vrai traumatisme en France…

– Chez moi aussi… Une vertèbre brisée… Je la sens encore… Avec les changements de température, la douleur revient… Et les deux dents, c'est vivant, les dents… Je peux vous dire que quand je me les brosse, le matin, c'est encore bien présent… Chaque fois je repense à l'autre…

– Et vous ne croyez pas que ce traumatisme a laissé des traces aussi sur les générations suivantes… Comme une malédiction… Cette idée qu'on joue bien… mais à la fin on perd… C'est quand même bizarre, toutes les équipes de France suivantes se sont fait systématiquement éliminer dès les phases de qualification… Et par deux fois même, battues à la dernière minute ! Les joueurs de ces équipes de France là étaient forcément des gamins devant leur écran en 82... Est-ce qu'ils auraient pas chopé une sorte de... virus de la défaite ?

– Ha, ha, ha !... Virus de la défaite ! Vous êtes des marrants, vous... Non, j'y crois pas...

(Patrick joue un moment du plat de la main avec les bulles produites par le jacuzzi.)

Et on apprend aussi dans la défaite... Regardez... Ensuite il y a eu 1998... Champions du monde... Enfin...

(Fred intervient.)

– Vous avez accepté de serrer la main de Schumacher quelques jours après le match... Vous savez que vous êtes le seul Français qui lui a pardonné, et pourtant vous êtes le seul à en avoir été la victime directe...

– Oui, on me l'a beaucoup reproché... Mais ça avait pris de telles proportions... J'ai fait ça sans calcul...

(Et, là, j'ai la sensation nette que Patrick ne s'adresse qu'à moi)

Vous savez, on ne se trompe jamais à pardonner...

8

Terrain de la Porte de Vincennes… Notre match hebdomadaire. On a repris nos vieilles habitudes. En tout cas, moi, j'ai repris les miennes de ne pas toucher un ballon et de terminer furieux. Je croyais naïvement que la talonnade phénoménale m'avait placé définitivement au panthéon. Que, désormais, régnerait autour de moi une sorte de respect pour l'artiste, quelque chose comme l'honneur de me côtoyer sur un terrain. Et donc les passes allaient affluer, je ne saurais plus où donner du pied. Mais non. Vingt ans de pratique vous enferment bien profond dans la case « tocard » et un petit miracle stylistique ne m'en aura pas sorti aussi facilement.

La petite nouveauté est qu'aujourd'hui je n'ai pas même eu le cœur à insulter mes partenaires à chaque passe oubliée vers moi. Je suis désormais bien au-dessus de ça. Aucun sur ce terrain ne soupçonne qu'il y a parmi eux l'homme qui a cloué le bec à Schumacher et copiné avec Battiston dans un jacuzzi. Cloué le bec est peut-être excessif, d'autant que le mien est resté muet face au monstre à moustaches. Quoi qu'il en soit, je fais bien de taire ces exploits hors du terrain, car la plupart des joueurs d'aujourd'hui n'étaient pas nés en 82, et j'aurais risqué le bide à fanfaronner. Schouma quoi ? Patrick comment ? Pas question de subir ces avanies.

Il me suffit de savoir que Patrick est désormais un ami, je l'appelle quand je veux, m'a-t-il dit (oui, parfaitement !). La soirée s'était terminée avec un autre bon bordeaux dont Patrick est fin connaisseur et je crois me souvenir qu'on a bien rigolé au milieu des bulles et des remous. Ça fait partie des grands mystères de la vie. À nouveau, si on m'avait dit, tandis que je suivais des yeux sur mon écran le corps de la victime expiatoire de Séville s'éloigner sur une civière : « Tu vois, ce gars-là ? Dans trente ans vous allez vous arroser comme des gamins au fond d'un jacuzzi… »

Dans la voiture après la séance du dimanche matin, Fred me trouve étrangement calme malgré ce genre de match transparent qui jadis m'aurait rendu fou de rage. Puis il enchaîne avec notre aventure bordelaise. « Tu l'as bien déboutonné le Battiston… Dis donc, il s'est livré… » J'ai fait un geste d'évidence qui voulait dire normal c'est mon boulot. Fred poursuit : « N'empêche, ta théorie en a pris un coup dans l'aile… C'est finalement une banale histoire de feuille de match… Et ton (il mime les guillemets avec les doigts, ce qui m'agace) soi-disant "virus de la défaite", lui-même n'y croit pas… »

J'inspire profondément, alors que nous quittons le périphérique.

– D'abord, mon ami Patrick n'est pas le mieux placé pour l'analyse sociologique… C'est un joueur, point. Les insectes n'y connaissent rien en entomologie (je ne suis pas mécontent de ma métaphore, mais Fred gonfle les joues en haussant les sourcils, qu'importe !). Tu te souviens, il nous a dit qu'il n'avait jamais revu le match... Il n'a pas vécu comme nous une rencontre que nous avons dominée outrageusement, il n'a pas assisté à la calamiteuse séance de tirs au but... Non, lui, il était tranquille sur son lit d'hôpital, dans son coma confortable, électrocardiogramme plat... Le sentiment d'injustice, c'est nous qui l'avons pris de plein fouet !

Ensuite, la feuille de match de seize joueurs... Parlons-en... J'ai enquêté de mon côté (là, la bouche de Fred s'arrondit d'un « O » admiratif, peut-être ironique, je m'en fous). En dehors des onze présents en début de match, Hidalgo avait placé cinq joueurs en réserve : un autre gardien, bien sûr, Castaneda, deux défenseurs, Battiston et Lopez, et deux attaquants, Bellone et Soler... Y a rien qui te choque ?

– Ben... Non !

– En cas de blessure de l'un des quatre milieux de terrain (Platini, Giresse, Genghini et Tigana), le coach n'avait pas prévu le moindre remplaçant à ce poste... Pourquoi ? C'est une faute ! Car c'est ce qui va se passer ! Genghini sort en trainant la patte... Hidalgo se retrouve donc ligoté, sans solution. Soit il choisit de le remplacer par un attaquant, pourquoi pas ? Genghini est milieu offensif, c'est couillu mais cohérent... Soit il fait monter un défenseur quasi en position d'attaque, notre Patrick national ! Ce qu'il fait ! C'est un problème quand même à ce niveau de la compétition d'être réduit à un choix aussi iconoclaste...

– Ouais, il se coince lui-même… Faudra lui en parler à Hidalgo, dès qu'on le voit…

– Un peu oui ! Et d'ailleurs Hidalgo se rend compte de son erreur car, pour remplacer Battiston vite sorti, il fait entrer un autre arrière, Christian Lopez, mais il lui demande de jouer plus défensif. Et à la place vacante de feu Battiston, il fait monter Tigana, un vrai relayeur. L'équilibre est plus ou moins rétabli… Mais l'occasion de marquer avant la fin du temps réglementaire est passée !

– Ah, dis-donc… Tu lâches pas, toi, hein ? Tu lui en veux autant que ça à Hidalgo ?

– Mais pas du tout ! Je l'adore ! C'est l'un des meilleurs entraîneurs qu'on ait jamais eus ! Un type fin, cultivé… Un véritable humaniste… Et habile technicien… Mais, sur ce coup, peut-être qu'il nous fait plonger dans le noir pour dix ans…

– Eh ben, c'est toi qui lui diras, puisque t'as retrouvé la parole (ironie) !

Fred m'a déposé devant chez moi, il me rattrape par la manche : « Dis voir, tiens-toi sur tes gardes, parce que j'ai retrouvé la trace de Platoche… Je t'explique pas comme j'ai dû ramer… Et, je croise les doigts, ça peut se déclencher à tout instant… Faudra pas rater la fenêtre de tir ! Donc, comme dirait Hidalgo à Battiston dans les vestiaires : "Tiens-toi prêt !" » Je le quitte sur un « O.K., coach ! » tout excité. Platini ! Là, si ça se fait, j'en parle à toute l'équipe de la porte de Vincennes. Et si ça ne rabat pas leur caquet… !

Anne m'accueille à la maison sans m'interroger sur le match, elle ne prend plus le risque. Par ailleurs, elle sait que j'ai rencontré Battiston. Elle est contente pour moi. Mais elle n'a pas l'air de mesurer la portée historique de l'événement. Peut-être, si je lui avais annoncé « J'ai croisé Neil Armstrong au bistrot d'en bas », aurait-elle cillé. L'homme qui a posé le premier pied sur la Lune, tout de même. Mais, probablement, elle aurait répondu « Ah bon ? Je croyais qu'il était mort ? » Et elle aurait eu raison. Elle est imbattable.

Je ne parle pas autour de moi de mon enquête car je ne veux rien spoiler de ma révélation fracassante. Néanmoins, nous recevions quelques amis cette semaine pour un gentil dîner. À un moment j'ai tenté un « Tiens, l'autre jour, je discutais avec Patrick Battiston et… », s'ensuivait une considération sur les douleurs vertébrales persistantes, trente ans après un choc. J'ai guetté les réactions. On devine que cet appât était destiné à attirer sur moi l'intérêt pour mes relations haut placées dans le monde footballistique. Au lieu de quoi les convives ont enquillé qui sur une douleur aux reins, qui sur une hanche défaillante, et la question de savoir si une prothèse serait nécessaire. Autant dire que je n'ai plus ouvert la bouche du repas, m'exposant aux reproches d'Anne selon lesquels je ne serais qu'un ours. On croit rêver.

Cet épisode a ravivé mon incertitude quant à savoir si, finalement, tout le monde ne se foutait pas dans les grandes largeurs de mon obsession sévillane… Peut-être mes recherches n'intéresseraient que quelques victimes de TOC et autres collectionneurs dépressifs d'albums Panini… Comme chaque fois, quand un doute existentiel me traverse, je me replie vers ma référence ultime dans la vie, du costaud, de l'intangible : mon fils. Je l'ai convié à venir me rejoindre dans mon bureau, avec cet air de conspirateur qu'il me connaît et ne laisse jamais de l'inquiéter.

J'ai allumé l'ordinateur, retrouvé rapidement la séquence du match dans « mes favoris », et lui ai donné à voir l'épisode battistonnien dit de l'emplafonnage. Avec une grimace douloureuse, il a suivi dans les airs le virevoltant Patrick et son retour sur Terre. J'ai mis sur pause. J'ai saisi une épaule d'Antoine et je lui ai dit avec la solennité qui lui est tout aussi familière : « Tu vois, cet homme ? C'est mon ami… » J'ai senti le désarroi dans le regard de mon fils… Il ne parvenait pas à comprendre pourquoi le fait d'avoir été percuté faisait de cet homme mon ami. Il a fini par dire d'une voix blanche : « il est mort, le monsieur ? » Non, j'ai fait de la tête. « Mais c'est un héros. Et c'est mon ami. Je prends des jacuzzis chez lui quand je veux… » L'explication du mot jacuzzi, « C'est comme une baignoire, mais avec des bulles », n'a pas eu l'air de le rassurer sur mon état mental.

Le coup de fil tant espéré est arrivé. Il m'a réveillé en sursaut, vers 14h30 du matin. La voix de Fred, sèche, froidement professionnelle : « J'ai deux billets pour Genève. Départ Gare de Lyon dans 55 minutes. Tu te bouges le cul ! » Genève : la Suisse, le siège de la FIFA… Genève où habite… Platini. Yes ! Je saute dans le taxi aussitôt commandé par téléphone. Le chauffeur a une soixantaine d'années. Je tente le coup. « Platini… Ça vous dit quoi, à vous ? » Le chauffeur se retourne, pour savoir à qui il a affaire. « Platini ? Les coups francs ! Putain, i' les mettait tous ! J'me souviens… Contre l'Italie, je crois… Il marque sur la droite par-dessus le mur. L'arbitre fait retirer le coup franc, soi-disant qu'il n'avait pas sifflé ! Mon Michel, il te repose le ballon sans moufter, tire par-dessus le mur mais cette fois à gauche. Et marque encore ! Deux fois de suite… Bababa ! On n'en fait plus des comme ça ! » Oui, j'avais vu le match (évidemment) et j'étais comme un fou ce jour-là. Quel bon tour joué à nos ennemis italiens ! Deux coups francs dans la boîte.

Le taxi me dépose devant la Gare de Lyon. Il reste six minutes. Le chauffeur me fait signe par la vitre baissée : « Il s'est fait virer de la FIFA, c'est ça, non ? » J'approuve et ajoute, l'air mystérieux du type qui ne peut pas en dire plus : « Oui, mais il n'a pas dit son dernier mot… » Et je file vers Fred qui trépigne au bout du quai 9. Il a déjà composté, on saute dans le dernier wagon et le sifflet du chef de quai retentit. Les portes se referment. C'est comme ça que je conçois la vie. Sur le fil du rasoir, toujours !

Nous sommes face à face, par la fenêtre le décor périurbain défile. Avant même que Fred ne me détaille les circonstances qui ont fait que tout est soudain possible, je lui pose la même question. Vas-y, réponds sans réfléchir. Il hoche la tête. « Pour moi, c'est la tête plongeante aux 18 mètres contre la Belgique, aux championnats d'Europe qu'on gagne en 1984. Un geste inouï, il va chercher la balle de la tête au ras du sol. Et c'est presque un tir au pied. Ce match (5-0 !) et cette Coupe d'Europe, il les domine de toute sa classe, il est au sommet. C'est lui qui nous fait champions pour la première fois… »

Moi, j'hésite. Le centre de Tigana en demi-finale contre le Portugal, qu'il contrôle tranquillement, il reste une poignée de secondes, on risque les tirs aux buts pourtant. Il le transforme en but vainqueur avec un sang-froid inimaginable à ce moment là... Ou alors son visage grave, sa dignité meurtrie, quand il sort du terrain, torse nu, après la défaite de Séville... Sa classe insolente est encore là, même au cœur du désastre... Platini, notre premier monument national du football, statue intouchable jusqu'à la chute de la FIFA...

« Ouais, alors la FIFA (ajoute Fred qui lit dans mes pensées)... Ça passe très mal pour Michel... Je le connais un peu, je t'ai dit, j'ai passé une semaine avec lui (tu parles que je n'ai pas oublié ce détail, je suis hyper-jaloux)... Il s'est senti trahi... Et il ne veut pas communiquer tant que la Justice n'est pas passée. Il ne veut voir personne. Et, là, je sais pas, quelque chose a dû changer... J'ai pu joindre sa femme, Christelle avec qui j'avais sympathisé à l'époque, elle est adorable, et elle m'a dit : Viens vite, c'est maintenant ou jamais... Voilà, j'en sais pas plus. » Je comprends soudain pourquoi le journal de Fred a accepté de payer le voyage, cette fois sans sourciller... Ils espèrent un scoop. Mais de notre enquête sur les fantôme de 82, ça y est, maintenant, j'en suis sûr : ils s'en foutent comme de l'an 40.

Et pourtant, si j'en crois Fred, Platini aura des choses à nous dire, lui qui a déclaré qu'« aucun film au monde, aucun spectacle, ne saurait transmettre autant de courants contradictoires, autant d'émotions que la demi-finale perdue de Séville ». J'ai hâte de trouver enfin l'interlocuteur qui saura placer notre discussion sur ce plan-là : celui d'un mythe contemporain qui s'est écrit avec des crampons, du sang et des larmes.

Je me souviens aussi d'une interview donnée à France football sur l'agression de Battiston… Il a eu ces mots, qui confirmaient ma théorie du duel attaquant-gardien : « Si c'est moi qui reçois la balle à ce moment-là, je la mets au fond… » Michel, je veux que tu me redises ces mots, les yeux dans les yeux, car personne ne m'écoute !

Fred a suivi Platini au quotidien pendant une semaine pour son grand reportage. Chez lui, au Parlement européen ou en tournée en Russie… Il l'a côtoyé dans les moments pénibles ou joyeux. Il a découvert un personnage assez roublard, dans le bon sens du terme, habile et porté sur la répartie. D'un humour cinglant. L'exercice favori de Michel : chambrer les collègues. Sur la scène européenne, Fred a pu aussi mesurer son engagement contre la financiarisation du football. Platini ne décolère pas de voir son sport sali par les marchands de soupe. Mais, au cours de sa cohabitation avec le champion français, ce qui m'impressionne le plus est que Fred… ait joué avec Platini ! « À un moment, il est sur ma gauche, et je ne lui donne pas le ballon… Comment je me suis fait pourrir ! » Michel Platini engueule ses partenaires quand on ne lui fait pas de passe… Quel bonheur de me trouver un point commun avec le héros de mes jeunes années ! Si Battiston est mon ami pour la vie, je sens que Platini sera mon frère.

Quant à l'affaire FIFA, il semblerait qu'un paiement différé ait ressurgi opportunément, effectué par l'ex-président Sepp Blatter… Qui ressemble fort à une vengeance personnelle. C'est ainsi que Platini a été écarté de la course à la présidence de la grande instance du football international. La justice tranchera, mais en attendant Platini est tombé en disgrâce au cœur de la même tempête qui emportera tous les dirigeants de la FIFA sur tous les continents, eux corrompus à coup sûr. Voilà sans doute pourquoi le grand Michel hésitait à rencontrer un journaliste, surtout Fred qui, au surplus, a négligé de lui faire la passe. Je peux comprendre.

À la Gare de Genève Cornavin, nous nous installons dans un fast food. Fred passe un coup de fil. À la teneur de la conversation, je comprends qu'il parle à Christelle Platini. Il se rembrunit assez vite, hoche la tête et dit qu'il comprend. Raccroche. Tourne la tête vers moi en gonflant les joues. Michel a changé d'avis. Il ne veut plus nous voir. J'accuse le coup. Nous mangeons tous les deux un cheese-burger, sans prononcer un mot. Le train du retour n'est pas avant une heure trente. On décide d'aller voir le lac. « On ne sera pas venus pour rien », dis-je un peu connement.

Fred connaît la ville, il nous a trouvé la ligne de bus quasi directe. Plus question de dépenser sans compter. Ce sera déjà miraculeux si on se fait rembourser cet aller-retour calamiteux. Nous voilà donc tous deux face au jet d'eau du lac. Le silence entre nous devient pesant. Je sens bien que Fred est à deux doigts de me dire qu'on arrête tout. La moisson d'informations collectées jusqu'ici ne justifie pas les gros titres que j'avais escomptés. En fait de lac, c'est plutôt une triste eau de boudin dans laquelle s'achève l'aventure. Pour soulager mon camarade qui a beaucoup pris soin de ma névrose jusqu'ici, je m'apprête à prendre les devants et à lui dire moi-même ce qu'il n'ose m'annoncer. C'est cuit. Quand son portable sonne.

Je devine encore que c'est Christelle. L'entretien est bref. Fred rempoche son smartphone et m'annonce simplement : « C'est bon ! »

On saute dans le premier taxi qui file le long du lac. Curieusement, le silence perdure entre nous. J'évite de lui demander des détails sur ces retournements, de peur de nous attirer de nouveau la foudre. Pour l'instant, c'est bon. Tant que le téléphone ne sonne pas, on roule. Je m'accroche à ce mince fil de survie. Par la fenêtre le lac disparaît progressivement dans la pénombre. C'est la nuit maintenant. Je ne pose pas non plus de questions sur notre destination ; il règne une atmosphère de film d'espionnage façon guerre froide.

Le taxi entre dans une bourgade qui donne sur le lac, puis stoppe au pied d'un embarcadère. Fred paye rapidement le chauffeur par carte bleue, en oubliant encore la note de frais. Je le suis jusqu'au ponton. Un projecteur m'éblouit, je distingue une vedette amarrée. La silhouette à contre-jour de Fred saute à bord. Je la suis. Nous voici assis côte à côte sur une banquette. Derrière la vitre, le flic flac des eaux sombres du lac. Un grand gaillard en costume noir, très « garde du corps », s'assoit face à nous. Le pilote fait vrombir le moteur et rapidement nous nous éloignons de l'embarcadère. Le projecteur s'éteint derrière nous, le bord du lac disparaît dans l'obscurité.

Fred me désigne le type sur la banquette en face qui nous considère à peine. « Michel fait toujours partie de la FIFA, il a toujours droit à une protection… » Puis il me montre des lumières qui dansent au loin devant nous. « C'est la résidence secondaire de Michel… » Je ne demande pas s'il y est déjà allé, manifestement oui. Je réalise que Fred est dans ce grand bain de copinage entre stars et journalistes… Je me sens de plus en plus l'intrus. Comment justifier ma présence, ce soir, face à ce personnage planétaire, dont je mesure concrètement la dimension, moi qui, à force de cohabitation dans mon salon, l'avais considéré comme un familier ? Je me recroqueville sur la banquette.

Un autre ponton, nous accostons. Pas de lumière, étrangement. C'est une torche qui vient vers nous. Mais pas une torche électrique, non, un vrai brandon enflammé. Un gaillard en noir, le clone de l'autre, la tient par le poing et nous éclaire le chemin jusqu'à une voiturette de golf, à bord de laquelle nous prenons place. J'ai l'impression d'être dans un vieux *James Bond* des années 70. Les deux gardes du corps s'installent avec nous, on est vraiment très serrés. Le chauffeur démarre. La torche projette des lueurs inquiètes partout autour d'elle, la flamme s'incline sous l'effet du déplacement et produit une légère fumée dans notre sillage.

Trois minutes plus tard, nous sommes face à la masse sombre d'une maison moderne, avec une large terrasse qui avance vers les eaux du lac dont on perçoit le léger clapotis. Une femme blonde, très élégante, se dirige vers nous. Ce ne peut être que Christelle, qui embrasse chaleureusement Fred en s'excusant du contretemps, esquissant un geste d'explication d'un bras flottant vers la maison. On n'en saura pas plus. Elle me serre la main, très cordialement.

Tandis qu'elle nous fait entrer dans un long corridor obscur, elle nous murmure : « En ce moment, Michel ne supporte plus la lumière… » Nous longeons un mur ponctué de bougies à intervalles réguliers. Les deux molosses sont à notre suite. Leurs ombres gigantesques dansent sur le plafond à chaque fois que nous croisons un bougeoir. Christelle glisse à l'oreille de Fred, mais je peux l'entendre: « N'aie pas peur, il a un peu… changé depuis les événements… Tu verras sa dernière lubie… Ses cheveux… » Elle hausse les yeux au ciel, nous laisse continuer seuls après avoir désigné la porte au bout du couloir. L'un des gardes du corps nous dépasse, s'arrête devant la porte close. Tend vers nous sa main aux doigts écartés, comme une mise en garde. Puis il entre seul, referme derrière lui. Trente secondes s'écoulent. Il reparaît et nous fait signe d'entrer à notre tour. Lui restera là, avec son acolyte, à nous suivre des yeux, les bras dans le dos.

On se faufile à l'intérieur de la pièce, tout en longueur, avec une baie vitrée qui donne sans doute sur le lac. Le reste est dans l'obscurité. On se dirige vers les quelques lumières qui scintillent. Ce sont des petites bougies plates réparties au sol, il y en a au moins une trentaine qui trouent la pénombre. De dos, face à la fenêtre, une masse sombre posée sur un petit banc de méditation. Nos yeux s'habituent lentement. Michel est assis, de dos, en short blanc, des claquettes aux pieds. Dans la pénombre, on distingue le numéro dix de son maillot, en chiffres blancs. Une lueur se reflète sur son crâne. C'est ainsi que nous réalisons que Michel s'est rasé la tête. À présent, le tableau nous apparaît complètement. Même de dos, il est évident que Michel a terriblement grossi. On dirait – mais peut-être les ombres accentuent-elles cette impression –

une sorte de bouddha en transe. L'image qui vient se superposer dans mon esprit est celle du colonel Kurtz joué par Marlon Brando dans *Apocalypse Now*. Celui que nous sommes venus retrouver au bout de la nuit est ce soldat perdu, entouré de sa garde rapprochée, replié sur lui-même dans un monde finissant. Je dois me secouer pour me dire que tout ça est bien réel.

Deux très longues minutes s'écoulent. Fred est aussi interloqué que moi. En grand professionnel, il enclenche néanmoins la fonction « enregistrement » de son portable, comme il le fait avant chaque rencontre. Et se décide à poser la première question que nous avions préparée. C'est alors que la voix de Michel nous parvient. Il ne se retourne pas, et parle face à lui. « Tu te souviens de Jean-Pierre Adams ? » Fred, désemparé, me jette un œil furtif. Oui sans doute il s'en souvient, comme moi, en bon historien du football. Il s'agit de ce défenseur de l'équipe de France qui formait avec Marius Trésor la « garde noire » dans les années 70. À la suite d'une erreur d'anesthésie pour une opération bénigne il est tombé dans le coma, dont il n'est jamais sorti jusqu'ici.

« Il a eu 70 ans, il y a quelques jours… Il a plongé quelques mois avant qu'on joue la Coupe du monde en Espagne… Ha, ha ! Séville ! Quelle farce ! Arrêtez de vous plaindre… Pensez à Jean-Pierre… Des fois il ouvre les yeux, des fois il soupire… » la voix de Michel est lente et grave, ou alors la pièce vide renvoie un écho… « Mais, un jour, Jean Pierre Adams va se réveiller… Et ils vont payer pour toutes les erreurs commises… On finit toujours par payer… Pas besoin d'arbitrage vidéo… Ah, ils me font marrer avec leur cirque, l'arbitre qui court pour voir des images dans une petite caisse... ! Et la vie qui s'arrête... Grotesque... Mais ceux qui font les fautes, on les connaît... On finit par leur régler leur compte, entre nous... C'est la vérité du terrain... Le terrain ne ment pas... » Je sens Fred très mal à l'aise à mes côtés. Je ne suis pas mieux.

« Sur le tapis vert, cadré par les lignes blanches au sol, tu es toi-même, tu ne peux pas te cacher, les autres te voient tel que tu es, dans ce que tu as de plus intime... Mais, toi aussi, tu vois les autres, transparents, avec ce qu'ils traînent de misère et de grandeur, souvent les deux, parfois en même temps... Le ballon est un révélateur, il roule au fond des âmes... Et, des âmes, j'en ai vu de toutes sortes... Mais la pelouse les contenait dans la lumière, par la force du groupe, la grâce du jeu, la fatalité du spectacle... La pelouse te transcende... »

La voix lugubre poursuit sa scansion. « C'est en dehors du terrain que j'ai vu le pire, là où les lâchetés prospèrent dans l'entre-jeu, là où les masques se jouent de la vérité... Tout est possible, même la trahison dans ta propre équipe, le but contre ton camp... Alors il faut pas t'étonner si ça se met à grouiller de petits hommes en uniformes qui viennent te chercher à l'hôtel au petit matin... Au foot, on connaît la règle, on joue le jeu, accepte de perdre... Mais, dans les tribunes officielles, c'est autre chose... » Le bonze platinien qui nous tourne le dos à cet instant pivote légèrement, nous apercevons fugitivement son profil, puis il se remet dans l'axe de la fenêtre.

« Le foot, c'est irrationnel... Il y a des ombres portées qui courent à nos côtés... Ce que les projecteurs des stades révèlent avant tout, ce sont nos ténèbres… Tout le monde les voit, ça crève les yeux, mais on ne veut pas le voir, on préfère hurler en masses compactes… Peu importe, le football, lui, n'oublie pas, il a sa propre justice, et elle frappe quand on ne l'attend plus, à sa manière, et pour ceux qui savent lire l'Histoire, la vérité éclabousse les murs comme le sang des condamnés… » Une minute de silence. Nous ne savons pas s'il est possible de l'interrompre. Revenir à nos questions est injouable.

« La main de Dieu ? Ah… Laissez-moi rire… Maradona marque de la main, mais il ne gagne rien, il gagne l'enfer, la drogue, et un jour il est exclu pour dopage, il finit sa vie obèse à brandir son doigt d'honneur au monde entier… Thierry Henry qualifie l'équipe de France avec une main… C'est pas ta faute, Thierry, mais tu vas payer quand même, et ton équipe ira se ridiculiser à Knysna, Afrique du Sud, au fond du bus… Le foot se rit de nous, vous ne comprenez pas ça ? Son humour ? En 98, Zidane d'un coup de tête nous envoie au paradis… En 2006, d'un autre coup de tête, il descend aux enfers… Le terrain de foot est un morceau de ciel tombé sur Terre… Ce qui s'y passe nous dépasse… Et, un jour, Jean-Pierre Adams y retournera, ce sera le Jugement dernier, la fin des temps additionnels, le but en or. Pas de prolongations, plus jamais de prolongations, une finale qui dure toute la vie, toute la mort… »

La voix s'est interrompue. Le silence est revenu, lourd, tragique, minéral, seulement brisé par le pas des gardes du corps venus nous signifier d'un geste sans appel que l'entretien est terminé.

Nous avons choisi un hôtel à côté de la Gare de Genève, dans l'idée de prendre le premier train pour Paris demain matin. Avant d'aller nous coucher, nous avons mécaniquement repris le chemin du fast-food, et commandé chacun un autre cheese-burger.

C'est Fred qui se prononce le premier : « Il a l'air de passer un sale moment. » Je salue l'euphémisme d'un petit sifflet. « Mais, visiblement, il est sous contrôle. J'ai confiance en sa femme. Elle a toujours été celle qui lui ramenait les pieds sur terre… Elle va le sortir de là… » Je sens bien qu'il veut surtout se rassurer. En attendant, le roi du coup franc en a pris un derrière la tête, sévère, ajouté-je. « Si l'affaire de la FIFA tourne bien pour lui, il s'en sortira… Le jugement va bientôt tomber. » Le jugement dernier, ajouté-je, en référence à la logorrhée platinienne.

On a ensuite réécouté l'entretien qui n'a pas duré dix minutes. Personne ne pourra nous croire même avec cet enregistrement où la voix du héros national est à peine reconnaissable. On a tenté de déchiffrer l'allégorie de Jean-Pierre Adams… Parlait-il de lui-même à travers le malheureux comateux ? Une dernière écoute nous a convaincus qu'il n'y aurait rien à tirer de cette « interview », et qu'un mot dans le journal sur cette rencontre surnaturelle serait une trahison supplémentaire. Fred s'y refuse. À son retour au journal, il prétendra que le rendez-vous a été annulé pour raison de santé. Je me range à son avis. Et vois par là même s'effondrer la perspective d'intégrer une contribution éclairée à cette enquête dont le spectre continue de s'éloigner.

Je me réveille au milieu de la nuit dans cette chambre pour deux. L'hôtel côtoie la gare. Sans les rideaux, les ombres projetées des voitures de la rue s'agitent au plafond. L'ambiance de cauchemar ne lâche pas prise. Par précaution, je vérifie que Marlon Brando n'est pas assis en tailleur face à la fenêtre.

Je reste un moment sur le dos, à contempler le ballet des reflets, tandis que Fred émet de longs sifflements par intermittence. Tout de même, si comme l'affirme notre mythique numéro 10, il y a une justice immanente, un dieu du football, le jour de Séville il devait être en congé.

9

Fred et moi sommes sur le vieux port de Marseille. Je contemple les taches d'huile qui irisent les eaux au pied du quai. C'est d'ici que partent les vedettes pour le château d'If. L'île de Montecristo, bien sûr. Le comte de Montecristo qui, dans le roman d'Alexandre Dumas, a mis plus de vingt ans à assouvir sa vengeance et rétablir son intégrité. Comparativement, je suis un Montecristo au petit pied. Non pas en raison du timing. Ma quête personnelle date de presque trente-six ans, ce n'est pas mal non plus. Mais à cause de son enjeu, et du grand ennemi qu'il me reste à pourfendre pour faire éclater ma pauvre vérité : Michel Hidalgo…

Comme ce titre d'ennemi juré lui va mal ! J'ai une grande admiration pour cet homme. C'est l'un des derniers grands entraîneurs du siècle dernier. Un sage, je n'hésite pas à l'écrire. Il nous a menés au premier titre international du football français et a su se retirer à temps, sans laisser derrière lui ni scandale, ni rancœur. Allez, j'ose : « un saint ». Et c'est à lui que je m'apprête à faire rendre gorge au terme d'une chevauchée ridicule qui m'a mené de déconvenues en semi-ratages… Quelle pauvre gloire !

Ce final pitoyable s'est annoncé très vite. Tout s'est accéléré, comme s'il fallait en finir. Sur le quai de la Gare de Genève, un coup de fil reçu par Fred a indiqué que Michel Hidalgo était sorti de l'hôpital… Nous avons bataillé comme des morts de faim pour changer nos Genève-Paris en Genève-Marseille sans suppléments (mais les chemins de fer suisses sont intraitables). Voilà comment, ce début d'après-midi, nous sommes arrivés à Marseille. Terre d'élection de notre Hidalgo, le bien-nommé. Avec de fortes pénalités ferroviaires.

Tandis que je contemple le sillage du ferry qui part pour le château d'If et la prison de l'autre, Fred essaie de déchiffrer les horaires de bus. Voilà à quoi nous sommes rendus : économiser de nouveaux frais de taxi. Fred me l'annonce avec ménagement : nous roulons sur nos propres fonds, la comptabilité du journal nous considère comme perdus corps et biens, nos deux cadavres dérivant dans les eaux de la grande bleue, comme jadis le fictif cercueil du comte.

Dans le bus qui longe la corniche, Fred et moi faisons le point. Au cours du voyage en TGV, nous n'avons fait que dormir pour rattraper une nuit de mauvais sommeil, hanté par l'autre Michel au crâne rasé. Autant dire que nous sommes légèrement vaseux. Les derniers événements ayant achevé de nous déstabiliser. Accroché à une poignée du plafond (car nous n'avons pas trouvé de places assises), et tournant parfois sur son axe, Fred affirme qu'il nous faut aller au bout. « On n'a pas fait tout ça pour rien. » Moi, j'imagine Michel Hidalgo qui attend deux journalistes d'un prestigieux quotidien national, probablement pour un bilan de sa carrière, ou une analyse de la prochaine Coupe du monde en Russie. Et non pour répondre d'une soi-disant connerie qu'il aurait faite trois décennies auparavant.

Le bus est coincé dans les embouteillages. Quelques phrases de Platini tournent encore sous mon crâne. « Hé, Fred, je repense à un truc… C'est pas totalement idiot, cette idée d'une justice immanente qui aurait cours dans le football… (Je laisse un silence pour ménager mon effet.) Tu te souviens, l'équipe de France arrogante double championne du monde et d'Europe qui arrive en Corée ? Pour le mondial 2002… Peu de temps avant j'avais vu dans le métro une pub 4 par 3 pour je ne sais plus quel équipementier… Sur chaque affiche, un joueur de l'équipe de France, la main sur la poitrine… Et sur le maillot au-dessus du coq, la deuxième étoile ! Gonflé, non ? Surtout un peu suffisant ! Dès le premier tour les bleus, super-favoris, se sont fait bananer sans gagner un match ni marquer un seul but ! Troublant, non ? »

Fred a hoché la tête longuement comme il sait le faire. Et a enchaîné sur le thème : « Moi qui bosse dans la presse, je peux t'en raconter deux ou trois qui circulent dans le métier… Et qui vont dans le même sens… 1994, finale de la Champions League… Barcelone est le grandissime favori contre un Milan AC essoufflé… Le Barça est coaché par Johan Cruyff, sûr de l'emporter. Pour un magazine de foot qui doit boucler avant la finale, les Barcelonais acceptent de poser sur la photo de une avec la Coupe d'Europe entre les mains… Résultat sans appel : non seulement le Barça perd la finale, mais, en plus, sur un score inédit et humiliant de 4-0 ! » J'approuve, je me souviens du match, une raclée totalement inattendue.

– Si c'est pas une manifestation des dieux du football ! reprend Fred. Et j'ai deux autres histoires, curieusement semblables… En 2006 la France joue l'Espagne en huitième de finale de la Coupe du monde… Les bleus n'ont pas été brillants en phase de poule, qualifiés à l'arrachée. C'est le dernier mondial de Zidane, il a annoncé qu'il mettait fin à sa carrière ensuite. La presse espagnole est euphorique et titre : « On va mettre Zidane à la retraite ! » Oui, mais la France élimine l'Espagne. Et qui marque le dernier but ?

– Zidane !

– Oui, Zidane, quel pied de nez ! Euro 2016 en France, les bleus rencontrent l'Allemagne en demi-finale. Pareil, la presse allemande est hyper-confiante. Un journal affiche même un montage un peu ridicule en une, avec la Porte de Brandebourg dont le gardien Neuer barre l'accès, bras écartés. Et ce titre : « Désolé, Antoine (Griezmann), la porte est fermée ! » Et devine qui marque les deux buts qui vont éliminer l'Allemagne ?

– Antoine Griezmann !

– Eh oui !

Le bus s'est remis à rouler, mais c'est encore poussif. On en profite pour laisser vagabonder nos regards sur la Méditerranée, en contrebas de la corniche. Il est temps de nous recentrer sur l'objectif. On joue au jeu « si tu ne devais retenir qu'une image d'Hidalgo »… Pour moi, c'est tout trouvé : le match contre le Koweit, au cours de cette même sulfureuse Coupe du monde 82. Giresse marque tout à fait régulièrement. Mais un sifflet semblable à celui de l'arbitre a retenti depuis les tribunes, et les joueurs koweitis se sont arrêtés de jouer. L'homme en noir accorde le but. C'est alors que descend de la tribune une silhouette enturbannée de rouge et blanc. Le cheikh Fahd, président de la fédération koweitienne et frère du dirigeant du pays, s'avance avec majesté dans sa djellaba noire et réclame l'annulation du but, ou alors son équipe quitte le terrain. Impressionné, l'arbitre lui donne raison. Le but est annulé.

C'est au tour de Michel Hidalgo de quitter son banc de touche, animé d'une colère froide. Il est fermement repoussé par le personnel de la FIFA, et ne pourra pas faire rétablir le score. Il y a une dignité bafouée dans son port de tête, quelque chose de chevaleresque qui renvoie à son patronyme. Mais ce qui m'a le plus ému, je crois, c'est l'image de ce petit homme en short et maillot rayé bleu et blanc de joueur de pétanque qui tenait tête à l'émir d'un état pétrolier triomphant. Le petit Français face au pouvoir de l'argent. C'est une époque où les symboles étaient simples et lisibles.

Fred approuve mais m'apprend qu'après la Coupe du monde le cheikh a invité Michel Hidalgo à lui rendre visite au Koweit… Et que celui-ci a accepté ! L'espace d'un instant, cette anecdote me rappelle qu'il y a toujours un côté « coulisses » qui échappe aux indignés du balcon. La poignée de main de Battiston à Schumacher est de cet ordre. Michel comme Patrick ont eu le pardon facile, je trouve. Ce que je n'ai pas. « Si ça peut te consoler, le cheikh a été tué au cours de l'invasion du Koweit par l'Irak », ajoute Fred. Ça ne me console pas, évidemment.

Une fois descendu du bus, nous ressentons le vent du large, plutôt frais. Ce n'est pas encore le printemps. J'observe le décor. À cet endroit la corniche fait un coude, et ménage une plage triangulaire, coincée dans le relief. « C'est ici que nous avons rendez-vous ? » m'étonné-je. Et, là, j'ai vu mon Fred vaciller pour la première fois. Il a perdu sa belle assurance. « Quoi ? » me suis-je enquis immédiatement, échaudé par les péripéties… « C'est-à-dire que nous n'avons pas réellement rendez-vous… » a fait Fred en regardant le large, tandis que je me prenais le visage à deux mains. « C'est un coup de poker… a-t-il enchainé…Un collègue du quotidien *La Provence* m'a prévenu de la sortie imminente de Michel Hidalgo. Et, selon lui, tel qu'il le connaît, il irait direct à la mer, sur cette plage où il a ses habitudes… C'est une hypothèse mais, de toute façon, il n'accorderait aucune interview dans son état de convalescent, qui plus est sur cette vieille histoire… Alors pas le choix ! C'est ici ou jamais… »

Je pensais que nous avions touché le fond de notre non-enquête, mais non, il y avait un double fond. Cette fois, nous n'avions tout simplement aucun rendez-vous, avec une personne qui n'était peut-être pas là… Fred s'attendait à une de ces éruptions dont j'ai le secret, et m'adressa un pauvre sourire douloureux… Mais, à cet instant, j'ai compris autre chose, comme une évidence : il n'y avait probablement jamais eu d'enquête… C'était louche, ces reportages uniquement le week-end… Le journal de Fred, excepté l'interview de Platini sur l'affaire de la FIFA, potentiellement explosive, n'avait jamais rien commandé, ni payé… Tout le reste, Amsterdam,

Cologne, Bordeaux, le jacuzzi… était une aventure offerte par Fred à son ami dépressif, pour lui redonner le goût de vivre… Le plus beau cadeau, la meilleure preuve d'amitié qu'on m'ait jamais faite… Je n'étais pas furieux, plutôt à deux doigts de fondre en larmes et de prendre mon gros ami dans mes bras… Mais pour que l'offrande soit préservée, il me fallait donner le change jusqu'au bout. Je l'ai regardé droit dans les yeux: « Fred… Tu as bien fait… Bravo! Joli coup de poker! » Et j'ai ressorti une vieille formule des joueurs de l'équipe de France 2006: « On vit ensemble, on meurt ensemble. »

Et nous sommes descendus par l'escalier en pierre, à flanc de rempart, jusqu'au sable fin. Nos pas ont crissé, meublant le silence entre nous, qui avait une belle épaisseur. Je l'ai rompu: « Ça s'appelle comment, ici? » « La plage du prophète… » J'ai bien aimé ce nom, la plage du prophète, il redonne un peu de lustre à cette possible pantalonnade vers laquelle nous nous dirigeons: une plage déserte en cette saison, sans aucun entraîneur convalescent à l'horizon. Est-ce qu'il y a aussi un dieu pour les pieds nickelés de la geste sportive? Ou est-ce la justice du football qui a décidé enfin d'être clémente? Au bout de la plage, face à la mer qui moutonne, deux sièges pliant sont posés sur le sable, contenant chacun la moitié d'un couple de petits vieux, sanglé dans un pardessus identique, chapeau de feutre enfoncé jusqu'aux oreilles. Le point de mire de notre épopée. L'homme-clé, porteur du mystère irrésolu, celui sur qui reposent mes ratiocinations. C'est Hidalgo et sa femme. Ou alors rien dans l'univers n'a plus de sens.

Tout en convergeant vers les deux silhouettes et foulant péniblement le sable avec nos chaussures de ville, Fred et moi complotons. Voici le modus operandi adopté : nous allons longer le bord de l'eau, puis passer incidemment devant les deux chaises pliantes, afin de vérifier que leur contenu est conforme à nos spéculations les plus folles. « Si c'est lui et sa femme, me dit Fred, le visage grave, laisse-moi faire… » Il m'a pris solennellement par les épaules, comme jadis je le faisais avec mon fils, et a répété : « Si c'est lui, je te demande un peu de… retenue… » Est-ce utile de préciser ? lui fais-je comprendre d'une mimique indignée. Tout dans cette situation m'inspire la gravité, la dignité du héros au terme de sa quête… Il est loin, le vengeur masqué, place au chevalier de la balle ronde.

À mesure que nous approchons, les deus silhouettes se précisent. Autant dire que mon cœur se met à battre la chamade. Le couple semble respirer une belle sérénité, un grand plaisir d'être ensemble face aux éléments. Trois pas de plus et je perçois mieux le visage de l'homme, caché par le chapeau et la paire de lunettes bleutées. Je ne sais plus, toute lucidité m'a quitté, il n'y a pas grand-chose en commun entre ce corps frêle engoncé dans son siège de camping et l'entraîneur bombant le torse face à l'émir quatari. Le rêve s'écroule, je ne veux plus que fuir cet endroit et enfouir ma peine. Quand Fred me fait signe d'attendre, puis effectue une volte-face vers l'homme à l'imperméable. A-t-il vu une photo récente qui lui laisse un espoir ?

« Pardon, monsieur, l'entendis-je distinctement articuler comme si l'autre était à moitié sourd. Vous êtes bien

Michel Hidalgo ? » L'homme a levé les yeux, sa femme également. Et d'une voix plaintive a répondu : « Oui, mais je… » Fred s'engouffre dans la brèche avec une habileté qui me stupéfie – mais tout, à cet instant, me stupéfie. « Pardonnez moi de vous importuner, je voulais juste vous dire, au nom de tous les supporters de l'équipe de France… merci… Merci pour tout le bonheur que vous nous avez apporté… Merci pour votre conception humaniste du football… »

Hidalgo, car contre toute attente c'est lui, se détend. Sa femme pose la main sur sa cuisse en souriant, heureuse pour lui, et il murmure d'une voix à peine voilée : « Eh bien, écoutez, c'est fort aimable… J'ai fait ce que j'ai pu… » Je suis planté deux pas en arrière, et une étrange confusion s'empare alors de mon esprit. Je ne l'ai pas vue venir. C'est comme si un barrage cédait, libérant un flot trop longtemps contenu et dans un désordre ahurissant. Ce n'est plus moi qui vais intervenir, c'est mon double, mon remplaçant, maintenu toute sa vie sur le banc de touche. Et c'est son moment.

Fred poursuit sur le même ton sirupeux, « Non seulement vous avez donné ses lettres de noblesse à un sport qui… » Je fais les deux pas nécessaires pour revenir dans l'axe et me placer devant notre homme, occultant Fred. Mes bras sont au ciel, comme si je venais de marquer un but, alors que pas du tout, ou alors contre mon camp : « MAIS… Mais, Michel ! Qu'est-ce que t'as branlé ? Pourquoi tu fais entrer un défenseur en attaque, bordel ? Pourquoi y avait pas un seul putain de milieu de terrain sur le banc ? (j'ai la bouche sèche, je ne distingue pas clairement mes interlocuteurs, mais trop tard, je dois aller au bout)... Alors, forcément, après c'est la malédiction ! Les enfants devant leur télé, ils ont la trouille et on se fait éliminer deux fois à la dernière minute ! Ah oui, alors là, merci bien ! »

Le silence qui suit est celui du Parc des Princes quand Kostadinov a marqué le dernier but. Nous n'irons jamais en Amérique. Les fantômes de Séville ont tout gâché. Et moi je tombe à genoux dans le sable, la tête dans les mains. À ce moment-là, je suis Ginola. J'ai expédié mon équipe en enfer. Il faut quitter le terrain, monsieur. C'est fini, on ferme. Est-ce qu'une civière va venir me chercher moi aussi ? Et qui pour me tenir la main ? Les projecteurs du stade s'éteignent un à un. Je suis dans le noir.

Hidalgo lève les yeux vers Fred : « Qu'est-ce qu'il a, votre ami ? De quoi il parle ? » Fred se racle la gorge : « De Séville 82, je crois... » La femme tapote la cuisse de Michel qui hoche la tête... Voici maintenant qu'il s'extirpe avec difficulté de la chaise pliante, aidé par sa femme, tout ça, je ne le vois pas, je le devine... Il s'appuie sur sa canne, et pose la main sur mon épaule. Je suis courbé au sol, comme après un mauvais tacle. « Relevez vous, mon vieux... » Je me redresse, du sable collé aux genoux tombe au sol en petite pluie. Je suis à sa hauteur, enfin plus haut, il est assez petit. Et, là, je tombe dans ses bras, je l'enlace, et mon corps est secoué de sanglots, c'est lamentable. Je bredouille : « En fait, je vous aime bien, Michel... je suis désolé... »

Nous marchons lentement le long des vaguelettes qui viennent mourir sur la grève. On n'entend plus le vent sur la plage des Prophètes, déserte, le soleil s'est caché derrière un nuage. Michel et moi, on se tient par le bras, il s'aide de sa canne… « Ça va mieux ? Respirez… » Je lève le menton plusieurs fois pour dire oui, puis, docilement, j'aspire l'air par petites goulées frénétiques… Quelques mètres derrière nous, Fred et la femme de Michel progressent à la même vitesse. Nous formons deux attelages étranges. Michel reprend : « Ce soir-là, ils pleuraient tous dans le vestiaire, comme des enfants… Vous savez, je viens de passer ces derniers temps à l'hôpital… J'ai eu l'occasion de voir ce qu'était la vraie misère humaine, la détresse… C'est pas ça… La tragédie de Séville ? Laissez-moi rire… On est ici sur cette plage, l'air est doux, on est vivants… Ce sont ces moments-là que je veux vivre… Pourquoi aller chercher il y a trente ans un motif de se rendre malheureux ?

Le banc des remplaçants… ? De quoi vous me parlez ? Mais je n'en ai aucun souvenir ! Et je vais vous dire, je m'en fous ! On fait avec les joueurs qu'on a… Je me suis toujours méfié des systèmes et des stratégies… Ce sont les hommes avant tout qui font le jeu… À Séville, ça s'est joué à quelques centimètres… On va en finale, je suis un génie, on est éliminés, j'ai fait l'erreur du siècle…

Et puis, surtout, je vais vous dire… Vous voulez changer l'Histoire… D'accord, on met un avant-centre à la place… Il marque… Très bien… Vous qui parlez d'enchaînement de causalités… Que savez-vous de la suite ? Une chose que j'ai comprise, c'est que si vous modifiez un élément dans le cours du jeu, tout se réoriente et prend d'autres chemins… Peut-être que les Allemands se réveillent… Peut-être qu'on perd le match autrement, ou alors qu'on perd en finale… Et est-ce que la suite sera la même ? Après, on devient champion d'Europe ou pas ? On gagne la Coupe du monde ? Plus rien n'est sûr ! Vous changez un détail de l'ensemble, vous changez l'ensemble ! C'est de la physique quantique, mon ami ! Le destin, c'est quelque chose de fragile… Ce qui vous semble une catastrophe se révèle bénéfique par le jeu des retournements de situation ! Ou l'inverse ! À Séville, les joueurs ont puisé dans l'attentat contre Battiston l'énergie de l'indignation. C'est aussi pour ça qu'ils ont été bons. On l'a vu mille fois dans un match… Un but encaissé est parfois ce qui peut vous arriver de mieux ! »

Hidalgo m'envoie une bourrade dans les côtes. « Pourquoi vous voulez refaire le match ? Vous savez, il ne faut pas prendre le football pour autre chose que ce qu'il est… C'est-à-dire un miroir… Le football parle du monde, de la société où il vit… D'ailleurs, vous avez vu ce qu'il est devenu… ? Mais il parle aussi de soi-même ! Sur le terrain, vous jouez comme vous êtes, profondément… Et comme simple spectateur, c'est pareil… Un match, c'est un petit théâtre intime… C'est votre histoire ! »

Deux mouettes viennent d'atterrir sur la plage, elles se chamaillent en criaillant. Hidalgo les disperse avec sa canne. « Alors, posez-vous la question, la seule qui vaille : pourquoi vous voulez tant refaire ce match ? »

10

Nous sommes à bord de la Clio de ma sœur aînée, sur une route du Pas-de-Calais. Elle nous l'a gentiment prêtée. Nous ? Anne, ma femme adorée qui conduit, ma mère sur le siège passager, et, sur la banquette arrière, Antoine mon fils préféré à mes côtés, les deux éternels latéraux. Fred ? Non, ça fait quelques mois qu'on ne s'est vus. Sa présence dans ce cadre familial serait incongrue. Cela dit, pas beaucoup plus que la mienne à cet instant. Je précise : nous roulons à travers la campagne dans l'espoir de trouver une salle des fêtes qui diffuse… la finale de la Coupe du monde 2018. Oui, on mesure toute la déraison que contient cette simple phrase. Que fais-je là, dans un état de totale impréparation à l'un des événements majeurs d'une vie ? Moi-même, je peine à y croire.

Voici le bourg où le match serait diffusé, selon une rumeur, au sein de la salle municipale sur un écran géant. Il est 16h35. Je vais devenir fou. Antoine me sent bouillonner intérieurement. Il me tapote le genou en prétendant que tout va bien se passer. Avec une lenteur exaspérante Anne, se gare sur le parking, en prenant garde de ne pas rayer les carrosseries des deux voitures voisines, préoccupation qui, à l'heure qu'il est (16h40), me paraît totalement déplacée. Je jaillis de la voiture avant que la manœuvre ne soit achevée. J'entends dans une semi-conscience hallucinée la voix d'Anne qui se demande s'il ne faudrait pas « se garer plus droit ». Le match est dans dix-neuf minutes et on n'a toujours pas de certitude de le voir !

J'entre en trombe dans la salle, un coup d'œil me suffit pour saisir l'ampleur du désastre : quelques rangées de chaises sont placées face à une télé comme on en trouve désormais dans tous les salons. Grande pour un salon mais MINUSCULE dans une salle de cette taille, surtout depuis les derniers rangs où il reste à peine quelques places libres. De toute façon, rien n'est à la hauteur de l'événement, le décor est moche, on est dans une salle polyvalente trop neuve, trop anonyme ; demain, ici, il y aura un cours de yoga du troisième âge, je veux partir ! Je déteste ces familles portant drapeaux tricolores qui se sont réveillées au moment des demi-finales, sans aucune mise en perspective de trente ans de souffrance du football français, et pour qui Séville est une destination sur un catalogue de tour-operator low cost.

Anne me voit revenir sur le parking alors qu'elle vient tout juste de garer la voiture bien parallèle aux deux autres et en tire un motif d'orgueil. J'intime à tout le monde l'ordre de regagner nos places. Sauf que, cette fois, c'est moi qui conduis. Et la trace de pneu que je laisse sur le revêtement goudronné du parking témoigne de mon intention de lutter contre la montre. La finale dans dix minutes. On va manquer les hymnes. Je dois me persuader de ce que je viens de dire. Cet événement qu'on attend depuis vingt ans commence dans dix minutes. Neuf.

Bien sûr que tout ceci mérite explication. Car rien ne me ressemble dans ce que je suis en train de vivre. D'ailleurs, cette Coupe du monde en Russie ne ressemble elle non plus à rien. Toutes mes références ont volé en éclats. Ce XXIe siècle bien entamé me plonge dans le grand inconnu footballistique. D'abord, les Italiens ne sont pas qualifiés, pour la première fois de leur histoire. Je mentirais si je prétendais ne pas m'en réjouir un peu. Les Espagnols et leur soporifique mais dominateur tiki-taka sont sortis rapidement de la compétition (ouf !). Les Portugais vainqueurs sur hold up de l'Euro 2016, ont péri corps et biens. Le Brésil de Neymar s'est fait sortir par un pays deux cent soixante fois moins grand, la Belgique…

Mais, surtout, que sont devenus nos chers ennemis les Goths, les Boches, les Fridolins, les Allemands quoi ? Ceux qu'on a connus bâtis à coups de serpe, gaillards taillés dans de vieilles armoires bavaroises, brutes et disciplinés, la machine à gagner, portant des noms à la sonorité gutturale qui fait frémir… Ils s'appellent désormais Jérôme Boateng (joueur allemand… NOIR ! Formidable !) ou Mesut Özil, ils ont des physiques délicats de danseuses d'opéra… Et ils perdent sur des buts à la dernière minute… Le monde à l'envers ! Ainsi la Corée du Sud (on se pince pour y croire) les sort-elle tranquillement de la compétition sur un 2-0 sans appel ! Le monde a perdu son épouvantail, ses monstres sous le lit.

Voici donc les bleus sans leurs gros tombeurs habituels confrontés à une Argentine exsangue et plombée par un Maradona obèse en tribune, puis une attendrissante équipe d'Uruguay, enfin une Belgique bien meilleure techniquement, mais incapable de se projeter en finale… La voie royale vers la dernière marche, sans réelle gloire (hormis le coup d'éclat contre les Argentins), avec un jeu très défensif, aux antipodes du football – champagne de leurs aînés. Et nous disputons le titre mondial, comble de l'inédit, à… la Croatie. Une équipe avec des maillots taillés dans des nappes à carreaux ! Qui a parié sur cette affiche pour la finale 2018 ?

Cette Coupe du monde affole toutes les statistiques, déjoue tous les pronostics, s'amuse des clichés, ridiculise les spécialistes. Une part de moi s'en réjouit, qui n'en pouvait plus de ces scénarios répétitifs et tristement convenus, un entre-soi qui s'était mis à patiner dans la semoule. J'ajoute un clin d'œil adressé à moi seul : jusqu'ici, les buteurs décisifs ont souvent été… des défenseurs. Le latéral Pavard d'une volée sublime, les arrières centraux Varanne et Umtiti de deux coups de têtes victorieux. Message reçu. Le cadavre de Battiston vengé, bel et bien.

Voilà pour la Grande Histoire. Quant à la petite, la mienne, comment m'amène-t-elle sur les routes du Pas-de-Calais à neuf minutes du coup d'envoi ? Là aussi le destin a été facétieux. « Tu bouges un détail, tu bouges l'ensemble », dit Hidalgo, mon maître. Et le détail, dans lequel le diable gît, selon la sagesse populaire, fut un rendez-vous pris de longue date. Je revois Anne me dire que ma mère vieillit, ce serait bien qu'on aille chez elle passer plusieurs jours cet été, en famille, avec Antoine. Ça la rendrait heureuse, il ne faudrait surtout pas que j'aie à le regretter un jour si ça ne se faisait pas (sous-entendu glaçant). J'ai vacillé sous la charge culpabilisante qui convoquait la mort imminente de ma génitrice et la vallée de larmes et de remords où elle me jetterait si je n'approuvais pas cette initiative. Je l'ai approuvée (pas fou !). Anne s'est chargée de l'organisation. La période était encore lointaine et ne m'évoquait rien : du 13 au 15 juillet. Parfait. J'oublie instantanément. Jusqu'à la semaine précédente où il nous faut trouver une voiture (« ta sœur a toujours sa Clio ? ») pour monter dans le Pas-de-Calais natal. Et, là, le ciel s'entrouvre et un éclair me transperce. La finale, imbécile !

Il m'a fallu un long moment pour me convaincre de regarder le match ultime ailleurs que face à mon écran calibré pour la victoire. Pour accepter l'hypothèse que cette désertion ne nous porterait pas malheur. Je n'y suis pas tout à fait parvenu, la superstition au football est chez moi tenace. Un autre effort sera nécessaire pour envisager de le faire dans un environnement hostile : la télé maternelle, dans le Pas-de-Calais. Je sais que ma mère va papillonner autour de l'écran, inconsciente des enjeux, me poser des questions saugrenues sur le repas du soir, renverser de la vaisselle au moment des corners… Je sais de quelle perversité elle est capable. J'ai eu à en souffrir toute mon enfance. Un match décuple sa capacité de nuisance sonore, excite son goût de l'interférence à contre-temps, du stationnement prolongé devant l'écran. Je le sais. Ceci posé, en dehors des Coupes du monde, je l'aime profondément. Hé, c'est ma mère.

Autre chose me chagrine aussi à cette perspective de délocalisation. La télé de ma mère doit être l'une des dernières au monde… en noir et blanc ! Je peux m'y faire, j'ai déjà tellement vu de matches sur ce téléviseur Thomson, ce ne sera qu'une régression infantile de plus. Mais voilà : j'y ai surtout vu des défaites. Ce poste est une boîte à défaites, il en contient tant, et aussi tant de larmes d'enfant, qu'il me paraît impossible que la France gagne un jour quoi que ce soit là-dedans. Alors, une finale ! Les cieux du Pas-de-Calais me sont apparus chargés de lourds nuages, comme ils le sont souvent, mais métaphoriquement, c'est la double peine.

Nous sommes arrivés le vendredi après-midi. L'avant-veille de la bataille. De tout le voyage je n'ai pipé mot sur la lutte finale. J'ai intégré au chausse-pied l'idée que ça se passerait chez ma mère ; bon, pourquoi pas (je m'étonne moi-même). Mon fils sera à mes côtés, élément nouveau dans ce contexte, et je crois depuis sa naissance qu'il est capable de me nettoyer de toutes mes scories. Lui et moi contre le monde entier, on gagne. Sûr. C'est pas un téléviseur Thomson qui va nous faire peur. Nous sommes des guerriers. Je fourbis aussi l'idée d'obtenir d'Anne qu'elle neutralise maman, en la confinant dans la cuisine. Ça, en revanche, c'est pas gagné.

Ainsi bardé de ces certitudes au forceps, je recouvre un peu de sérénité à l'avant-veille du grand jour. Je suis presque de bonne humeur, alors que l'un de mes principes de vie est de ne pas se réjouir trop tôt de peur de se faire repérer et punir. La trop fameuse peau de l'ours. On ne me verra jamais poser à la une d'un magazine avec la coupe dans les bras et les deux étoiles sur le maillot avant la fin du temps réglementaire. Serein ? Pas tant que ça. Quelque chose agit souterrainement, dont je n'ai pas soupçonné la puissance. Quelque chose en provenance de la plage du Prophète.

Ce malaise diffus, comme un sol qui tangue, me suit pendant ces deux jours. Peut-être déclenché par la tête d'Antoine, son visage d'ange blond, dans le contexte de la maison familiale. L'origine de tout. Dans les cadres que ma mère dispose un peu partout, je me vois au même âge, en sépia. Le même regard clair, la même insouciance. La même touffe de cheveux et ce petit menton pointu. Un sosie. Extrêmement troublant, cette affaire. Je regarde Antoine trottiner dans le salon, monter les escaliers de bois, courir dans le couloir jusqu'à ma chambre. J'ai la sensation de m'observer en différé.

Comme chaque fois qu'on revient dans la maison mère, Antoine demande à voir les albums photos. Ce faisant, il en rajoute une louche dans le malaise. Ces albums toilés sont incandescents. Maman les entretient avec soin, il ne faut pas trop y toucher sans elle. D'ailleurs, c'est elle qui tourne les pages rigides pour Antoine. J'en profite pour m'éloigner. Pas suffisamment car je l'entends ricaner de me voir dans les tenues de foot de l'époque, shorts trop larges, maillots trop serrés, cheveux trop longs, chaussettes à larges revers et chaussures à crampons énormes. La préhistoire. Puis j'entends Antoine poser des questions sur son grand-père, mon père, disparu il y a longtemps. Tiens, quand j'avais son âge ! La coïncidence me poursuit. Je comprends qu'il s'intéresse à ce grand-père absent. Par moi il ne sait pratiquement rien.

Je ne suis pas un grand communicant sur les drames familiaux.

Ça s'est passé un peu plus tard. Comme si ce weekend avait été prémédité. Par qui ? Les dieux du football ? Ce ne sont pourtant pas les plus fiables. Antoine a voulu « taper dans le ballon ». Je ne refuse jamais la proposition. J'en ai dégotté un au fond du placard, parmi mes vieilles Puma taille 37, conservées pour ma descendance. Sauf qu'Antoine n'acceptera jamais de les mettre. Trop la honte ! On est sortis dans la cour. Une petite cour carrée, juste devant le jardin potager, bornée par un grand mur mitoyen. À l'identique depuis un demi-siècle. J'y ai passé des heures seul entre deux buts imaginaires, matérialisés par deux chaises. Dans l'esprit fécond d'un enfant, on peut voir, dans la chaise paillée, deux poteaux pour les pieds, et une barre transversale grâce au siège. Si le ballon est petit, l'illusion est parfaite.

Est-ce que les deux enfants ont communiqué par-delà les décennies ? Spontanément, Antoine a placé les deux mêmes chaises de part et d'autre de la cour en m'expliquant (à moi ! je pouffe) qu'il s'agissait des deux cages. « On fait comme si ! » Et le match a démarré. Attention ! Là non plus je ne connais pas de match amical. Je joue à fond. Contre un enfant de six ans ou contre onze brutes épaisses, avec la même ardeur. Famille ou pas, je ne fais pas de différence, que le meilleur gagne ! « Moi je suis la France, toi t'es les Crobates ! » qu'il me dit, l'animal. Hé, ça va pas ! Comment veux tu que je sois croate et d'une, et de deux je joue pas contre la France, moi, jamais ! Oui, bon, au foot, je l'ai dit, j'ai six ans aussi.

Donc, je serai plutôt Lens et lui Maradona (à mon avis, mauvais choix, je revois le Diego en tribunes, enchaîner les malaises et les doigts d'honneur, quelle tristesse). J'enregistre ce détail troublant aussi : comme Diego, nous sommes gauchers. Tous les deux, reflet d'un miroir qui aurait un retard de quarante ans. Au bout de trois minutes, je mène 3-1. Moi, trois buts à la suite de débordements sur l'aile, et lui à cause d'un moment où je n'étais pas revenu sur le terrain, c'est moche, je le lui signifie. Il ne veut rien entendre, un but, c'est un but. Bon. Au 4e but encaissé, Antoine ne se décourage pas. Je l'entends qui simule les commentaires de match, comme moi-même je le faisais en imitant feu Thierry Roland. Il prononce cette phrase qui soudain fait écho en moi. Au point que je m'arrête de jouer et vais m'asseoir sur la chaise de mon but. Antoine s'inquiète. Je lui demande : « Redis moi, ça ! » Intrigué, il s'exécute, cette fois sans y mettre le ton ronflant du commentateur télé : « Rien n'est perdu… On peut toujours changer le match… Pourquoi ? » C'est comme si soudain le prophète parlait par la bouche de mon fils. Le prophète de la plage.

Dans mon esprit soumis aux assauts de la nostalgie rampante, une image s'est formée. Comme si les deux pièces d'un puzzle s'emboîtaient. Un puzzle à deux pièces, qui plus est a priori plutôt facile. Oui… mais non. Je ne les avais jamais pensées ensemble. Il n'y a pire aveugle que celui qui ne veut pas voir. J'ai prétexté une douleur au genou pour demander à sortir. Comme il n'y avait personne sur le banc des remplaçants, et même pas de banc du tout, le match s'est arrêté. À la grande déception d'Antoine, qui m'a soupçonné de simuler pour que le score en reste là. Puis il est rentré bouder à l'intérieur. L'enfant que j'étais aurait pareillement boudé. Un match, c'est sacré !

Je fais quelques pas dans le jardin minuscule qui jadis me paraissait immense. J'ai le souffle court, comme si je venais de courir sur un terrain gigantesque, comme si j'avais couru toute ma vie, en fait. Pourquoi un match est-il sacré ? Qui l'a décrété ? D'où me vient ce surinvestissement émotionnel autour d'une balle ronde et bondissante ? À certains il faut des années d'introspection ou de thérapie pour obtenir un début de réponse. Moi, elle m'est tombée dessus, par la grâce des mots d'un enfant de six ans. « Rien n'est perdu… On peut toujours changer le match ! » Oui, c'est quelque chose que j'ai cru profondément, en tant que joueur, en tant que spectateur. Enfant comme adulte. Ce qui m'a fait tenir debout sur les pelouses, au-delà de la fatigue, ou vibrant devant mon écran jusqu'aux prolongations.

Je ne développerai pas plus que ça, n'ayant aucun goût pour le pathos. Mon père a disparu lorsque j'avais six ans, peu importent les circonstances, elles furent brutales. Et maintenant que j'ai moi-même un fils, je comprends comme c'est inacceptable pour un enfant. Que cette histoire de « faire le deuil » est un leurre à cet âge. Face à l'indicible, un enfant ne fait pas le deuil, il élabore une stratégie de survie, avec ses pauvres moyens, avec ce qu'il a sous la main. Pour moi, ce fut le football.

À mon insu j'ai sans doute déplacé les enjeux sur cette pelouse cernée de lignes à la craie. Là où je connaissais les règles, là où j'étais actif et pouvais influer sur le résultat. Je n'étais plus seulement victime. La vie serait donc désormais un match de football. Rien n'est perdu, on peut toujours changer le match. Jusqu'au bout l'issue est incertaine, il peut y avoir un miracle à la dernière minute, ça s'est tellement vu. Sinon, il y a les prolongations, et au besoin les tirs au but. Et un autre match une autre fois ! Ça ne s'arrête pas, la vie ne s'arrête pas. Chaque fois la chance nous est redonnée, entière, de changer le cours du jeu. Le compteur est remis à zéro. Rien n'est inéluctable. Le match, c'est le sursis permanent. La mort déjouée.

Voilà sans doute, monsieur Michel, mon prophète de la plage, pourquoi je veux « refaire le match ». Je veux le refaire à l'infini. Particulièrement celui de Séville. Trop d'émotions lisibles, trop de métaphores qui affleurent. La collision, cet homme au sol, brisé. La civière qui l'évacue. Cet autre homme qui lui tient la main, et la nuit sévillane sur lui comme un linceul. Non, je n'ai pas fait le deuil de ce match, je ne pouvais pas. Le bonheur infini de la victoire m'a été brutalement retiré. Et de la manière la plus insupportable pour un enfant : injuste. Si la vie est injuste, la mort l'est plus encore.

Voici comment s'est avancée vers moi la finale de 2018. Percuté par cette révélation, comme le fut Battiston, mon frère. Pour autant, je n'ai pas changé du tout au tout, instantanément. La fébrilité d'avant-match, ma vieille compagne de route, est encore là. Il faut en finir avec le mythe de la guérison, de la métamorphose, de l'homme nouveau. Les émotions anciennes sont des plaques tectoniques. Elles bougent de manière infinitésimale, mais un jour, malgré tout, un morceau du continent se détache.

Pour l'instant, je suis au volant de la Clio de ma sœur, je le rappelle, fonçant sur une route départementale déserte (évidemment tout le monde est devant la télé). Dans quatre minutes c'est le coup d'envoi, ça y est, c'est sûr, on va le manquer ; je suis stupéfait du piège qui s'est refermé sur moi. Le déclencheur, c'est la petite moue d'Antoine à l'idée de regarder la finale en noir et blanc (comme les vieux films de papa). Anne embraye en demandant s'il n'y aurait pas un endroit un peu festif (*sic* !) pour voir le match. Et ma mère, dont j'ai dit la capacité de nuisance en la matière de conclure : oui, j'ai entendu dire qu'à la salle communale de Robecq, ils le jouaient, le match (re-*sic*). Ni une ni deux, à une heure avancée de l'après-midi, tout le monde s'embarque dans la Clio, sous la conduite peu nerveuse d'Anne, tandis que je m'arrache les cheveux.

La suite, on la connaît, je reprends le contrôle des opérations, avec l'objectif de rapatrier tout ce petit monde, devant la Thomson noir et blanc, certes, mais à un mètre de l'écran. Ce qui nous fait à coup sûr manquer les dix premières minutes au cours desquelles tout se joue. On ne comprend rien d'un match ou d'un film dont n'a pas vu le début. J'enrage. Deux minutes au compte à rebours. En traversant à mille à l'heure la commune de Calonne-Ricouart, la voix suraiguë d'Anne me fait sursauter. Il y a un écran géant sur la place du village ! Les dieux du football ?

Je me gare à la va comme je te pousse (expression de ma mère), tout le monde s'extrait et nous voici debout sur la place, près de la fontaine. Une foule joyeuse comme si nous allions gagner à coup sûr (la peau de l'ours, nom de Dieu !) se déploye de part et d'autre. Mais nous voilà au sein d'icelle, quatre agneaux égarés repris par le troupeau. Antoine grimpe sur mes épaules, Anne sur la margelle, et maman reste dans son trou humain, aveugle, elle ne verra rien mais s'en fout, sa famille est autour d'elle, c'est joyeux, les vibrations lui font du bien. Et nous, oui, on voit. Je m'accroche aux chevilles d'Antoine comme si c'était lui qui me tenait debout. Le coup d'envoi est donné. On a réussi. J'ai les larmes aux yeux.

Pourtant, cette finale reste pour moi un grand moment d'incompréhension, d'égarement, de stupeur. Comme pour la totalité de cette Coupe du monde mais de façon paroxystique, tous mes repères sont brouillés. Que se passe-t-il ? Quelqu'un peut me dire ? La France ultra favorite ne touche pas un ballon. Les virevoltants Croates, soi-disant en bout de course, nous dominent de la tête et des épaules, dans leurs ridicules maillots à damiers. Ils sont brillants comme les Français des années 80. Et pourtant, c'est nous qui ouvrons la marque. Sur un déplorable « csc » (but contre son camp). Par empathie, j'en viendrais presque à prendre le parti des Balkans, c'est dire si je suis déboussolé. Et quand ils égalisent, je suis presque soulagé, il y a quand même une justice…

Voici maintenant que l'arbitre court et sort du terrain pour consulter la vidéo dans une espèce de stand de foire. Il hésite, moment de flottement inédit pour les vieux spectateurs comme moi. Quelle est cette phase de jeu d'une intensité folle, où pourtant personne ne bouge sauf un petit homme en jaune ? Celui-ci finit par indiquer le point de pénalty, il a jugé une main croate fautive. On s'enfonce dans l'injustice, la faute est hautement discutable. Voilà : 2-1. On s'achemine vers une victoire inique, les valeureux perdants sont les autres, ils nous piquent au passage notre rôle immémorial. Ce qui fait de nous… des Allemands !

Tout en moi fuit comme le sable d'un sablier dans un vortex temporel. Je lutte pour me maintenir à la verticale, car j'ai ma descendance sur les épaules, qui, elle, n'a aucune conscience de ce qui est en train de se passer. À trente-six ans d'écart, la Coupe du monde, cette entité facétieuse, est en train de m'offrir la négation de Séville, de l'effacer de la carte mémoire par un effet d'inversion. L'équipe de France pratiquait alors un football brillant et naïf et perdait avec les honneurs. Aujourd'hui, elle est en train de mal jouer et de triompher avec roublardise et sans gloire ! Au secours !

Au moins, je retrouve mes marques en vivant ce réel moment de solitude. Car personne autour de moi ne semble réaliser l'évidence : nous ne sommes pas très bons, et ce devant trois milliards de téléspectateurs ! Quel est ce score menteur ? Un but contre son camp et un pénalty plus que tangent… Et, soudain, les dieux du football. Oui, encore, ceux-là même dont j'ai parfois douté, c'est vrai, viennent à mon secours au cœur du naufrage, sur cette place surchauffée, peuplée de spectateurs trop facilement repus. Sur l'écran, un grand gamin hilare et noir du nom de Pogba est venu planter une flèche imparable sur l'une des rares attaques françaises. Puis un autre gamin, dix-neuf ans à peine, en a planté une autre avec l'insouciance de son âge, Kylian M'Bappé. Que leurs noms soient ici bénis. La légende a repris un coup de lustre. Mais le score est tout à coup trop écrasant au regard de la vérité du match. Les dieux du foot dans leur mansuétude ont alors offert aux valeureux Croates un but gag, sur une invraisemblable erreur du gardien français. Et qui a inscrit ce but ? Le même Balkanique qui avait marqué contre son camp. La justice est de retour. Le rideau peut tomber sur cette finale de toutes les folies. Bravo les dieux ! Trop forts ! Je ne doute plus de vous, promis.

La suite est assez confuse. Au coup de sifflet final, la terre s'est embrasée et, pour une fois, j'étais à l'unisson. Antoine a crié, j'ai crié aussi. Je l'ai posé au sol où il a rebondi plusieurs fois comme s'il était monté sur ressorts. Ma mère a fendu la foule pour me prendre dans ses bras, l'a-t-elle jamais fait auparavant ? Décidément, les plaques tectoniques bougent plus vite que prévu. Et Anne m'a tiré par le bras pour rejoindre la foule dansant au rythme d'une sono assourdissante et des klaxons de voitures.

On a tournoyé, tandis qu'Antoine, accroché aux jupes de sa mère, fait l'avion d'un manège de foire. Le tout sous les applaudissements de ma mère, pour qui le match commence vraiment. Je me le répète tandis que le tournis me saisit : on a le droit de gagner, on a gagné, tous ensemble, toute la filiation familiale jusqu'à mes ancêtres, les gens du village, le pays, la planète. Même les Croates ont gagné. Et je suis, au centre de ce maelstrom, celui que cette victoire sur les ténèbres irradie.

En dansant, je peux apercevoir sur l'écran géant que la pluie s'est mise à tomber sur la Russie. Les bleus, fraîchement médaillés, courent en tous sens sur la pelouse détrempée. Puis ils se jettent au sol et fusent sur l'herbe humide en riant. Ce ne sont pas des champions du monde, ce sont des enfants.

Épilogue

L'histoire s'achève, et je dois me livrer à une bien pénible comptabilité. Depuis le commencement de ce récit, quatre de ses protagonistes sont morts. Hasard ou étrange conspiration ? Je laisse la question ouverte.

Tout d'abord, Charles Corver, l'arbitre du match, s'est éteint… La presse n'a mentionné à cette occasion que sa triste participation à la demi-finale de Séville, l'histoire de sa vie… Puis Jean-Pierre Adams a quitté le coma pour la mort, sans aucune transition par le monde des vivants, qui aurait permis l'avènement de la morale footballistique, prophétisé par Platini… Maradona nous a quittés sans gloire, dans le dénuement et la solitude argentine, rembobinant le fil de ses chevauchées solitaires. Et Michel Hidalgo s'en est allé, lui aussi, mon ami, mon maître. Je me souviens d'une photo de lui, dans un restaurant de Marseille, entouré de tous les grands joueurs venus lui rendre hommage pour son dernier anniversaire… Au milieu de ces gaillards, il avait littéralement fondu, c'était un gamin frêle parmi les géants.

Ces disparitions successives m'évoquent les témoins de l'ouverture du tombeau de Toutankhamon qui ont tous péri. Semblable malédiction menace-t-elle ceux qui, de près ou de loin, ont approché le mystère de Séville ? Je me mets bêtement à craindre pour la santé des prochains sur la liste : Michel Platini, l'idole de ma jeunesse, Patrick Battiston, le petit ange virevoltant… Et même Schumacher, oui, Harald le boucher, qui a tout déclenché. Et, ce faisant, est à l'origine de mon aventure intérieure… Grâce à lui, j'ai compris ceci : de la même façon que, sur un terrain, l'adversaire n'est pas un ennemi mais celui qui me permet de jouer, l'ennemi supposé n'en est pas un non plus, s'il provoque mon accès à la conscience. Sois béni, Harald !

Nous sommes dimanche, Porte de Vincennes. Tout est semblable, le terrain, les flaques, les partenaires, le peu de passes dans ma direction… Et pourtant tout est différent. Pour la première fois peut-être, je n'ai pas le sentiment fébrile chevillé au corps de jouer le dernier match de ma vie. Et, en même temps, j'accepte l'idée qu'il puisse être le dernier. C'est fou. Arrêter de jouer un jour, me paraît… envisageable ! Dans un monde nouveau et inconnu de moi, il serait donc possible de quitter le terrain et de survivre. En vérité je n'y crois qu'à moitié, et n'envisage mon propre jubilé que dans quelques décennies.

À la fin du match, sous les branches où sont accrochés nos vêtements de ville, Fred vient vers moi. Il n'a aucune idée des bouleversements que son acte d'amitié a provoqués. Non, il est soucieux. « Ça va, mon Fred ? » Il me répond avec gravité : « Je sais. Je sais qui manquait sur la feuille des remplaçants, celui qui aurait dû entrer à la place de Battiston… Et, toi aussi, tu le sais ! On est cons… » Moi qui commençais à faire le deuil, voici la plaie ravivée.

Dans cette intrigue qui nous a menés aux quatre coins de France et ailleurs, il y aurait encore un tiroir que nous n'aurions pas tiré ? Oui. « Jean-François Larios… »

Ce nom sonne instantanément à mes oreilles. Larios, bien sûr. Mais qu'on est cons. Évidemment je connais l'histoire. Larios lui-même la raconte dans un livre : *J'ai joué avec le feu*. Joueur-clé du grand Saint-Étienne, il a vécu l'épopée européenne des verts jusqu'à ce que Michel Platini arrive à Geoffroy-Guichard. Et que Larios ne tombe amoureux de… la femme de Platini ! S'ensuit une rocambolesque histoire d'amour avec Christelle, connue de tous là-bas… J'ai le souvenir d'un supporter des verts qui me disait : « Ils se donnaient rendez-vous sur le parking derrière l'Intermarché… » Rétrospectivement, cette amourette est l'un des plus beaux battements d'ailes de papillon que je connaisse. Christelle cède à Jean-Francois sur la banquette arrière, derrière l'Intermarché de Saint-Étienne, et le football français connaît sa décennie la plus noire, le traumatisme national bouscule la carrière de nombreux joueurs privés de coupes du monde, l'économie du pays s'effondre, etc. Je ne retisse pas le lien des causalités.

Car l'énigme de Séville est là, dans toute sa nudité (si j'ose dire). Et nous l'avions sous les yeux, Fred et moi, depuis toujours. Platini fait virer Larios de l'équipe de France. Et Hidalgo se trouve privé de son remplaçant tout indiqué, le milieu de terrain offensif Jean-Francois Larios, taillé pour le rôle et dont la confrontation avec Schumacher aurait à coup sûr connu une autre issue ! Moi qui m'étais lancé dans cette aventure exaltante, faire la lumière divine sur le mystère sévillan, chevalier pourfendeur en croisade pour la vérité… Voici que ma quête d'absolu atterrit sur une banquette arrière. Un banal adultère est à l'origine de tout. Merci, Christelle. Bravo, Jean-Francois. Rideau.

Un si pitoyable dénouement aurait pu nous déprimer, Fred et moi. Mais, à cet instant, la dérision est telle qu'elle nous sauve. Nous avons commencé par sourire, Fred m'a tapé sur l'épaule pour me consoler mais c'était inutile… Nous sommes vite tombés dans les bras l'un de l'autre, et nous avons ri, ri à en pleurer, agités de secousses, sous le regard interloqué de nos partenaires de jeu, en slip ou se boutonnant la chemise, dans ce décor de terrains vagues en lisière du périphérique où tout avait commencé.

L'après-midi, je suis à la sortie du stade où Antoine a disputé un tournoi avec son équipe. Je l'attends devant l'entrée. Je n'ai toujours pas le droit d'y pénétrer, mais je me suis quand même renseigné sur le score. L'équipe d'Antoine a perdu tous ses matches, sans marquer un seul but. Le voici qui finit par sortir, avec son sac en bandoulière. Il a les joues gonflées, et le regard chafouin. À dix mètres de moi, il hausse les épaules tristement et me montre ses paumes vides.

Je marche vers lui, m'agenouille à sa hauteur et lui prends les épaules entre mes mains : « Hé ! Antoine… C'est qu'un jeu ! »

Remerciements :
Christophe Fourvel, Franck Marguin, Jérôme Jouvray, Frédéric Potet, Benoît Heimermann, Rémy Fière, Vincent Duluc.

Du même auteur

Petit éloge de la chanson française, Les Pérégrines, 2022

Les Fantômes de Séville, roman graphique (dessin Jérôme Jouvray), Glénat, 2021

Robinsons, père et fils, Elytis, 2017

L'Univers à peu près, petit imprécis de culture approximative, Les Échappés, 2016

Vertiges de Quito, La Table Ronde, 2012

Le Fils du yéti, Flammarion, 2011

Football, mon amour, J'ai lu, 2010

Nous deux moins toi, petit précis de rupture amoureuse, Flammarion, 2007, J'ai lu, 2009

Journal intime d'un bébé formidable, Flammarion, 2006

Ton père, ce héros, Flammarion, 2006

Petit traité de vélosophie, Plon, 2000

Contact : www.tronchet.com

Achevé d'imprimer en avril 2022
par Sud Light Production - Marseille

N° d'impression : 2203-012

Imprimé en France